불안한 나로부터 벗어나는 법

행복한 삶을 위한 10가지 길

불안한 나로부터
벗어나는 법

바바라 버거 지음
강주헌 옮김

🌱 나무생각

있는 그대로 받아들여라

어느 날 오후 소파에 누워 있을 때 갑자기 이런 생각이 들었다. '바바라, 이젠 꽤 경험도 쌓았고 그런 대로 잘 살아왔는데, 그렇다면 행복한 삶을 위해 꼭 기억해야 하는 게 뭔지 알겠어? 그 비결을 요약하면 어떻게 될까? 좀더 나은 삶을 살기 위해서는 어떻게 해야 할까?'

나는 행복한 삶을 사는 데 뭐가 필요한지 하나씩 써보았다.

중요하다고 생각하는 점들을 써내려갔다. 순전히 내가 제대로 정리할 수 있는지 확인해 보려던 것이었다. 그리고 중요하다고 생각하는 이유를 쓰기 시작했다. 그것이 나 자신에게 설득력 있게 보이면 더 확실하게 기억할 수 있으리라 생각했다. 지금부터라도 그것을 지키면 더 현명하게, 더 마음 편하게, 더 행복하게 살 수 있을 듯했다.

누구나 그렇겠지만 지나온 삶을 돌이켜 보면 많은 시간을 걱정하고 두려워하면서, 한마디로 불안 속에서 살아왔다는 걸 깨닫게 된다. 나도 그랬다. 뒤돌아보면 나는 늘 뭔가로 걱정했고, 뭔가를 두려워했다. 큰 문제에서는 물론이고 작은 문제에도 전전긍긍했다. 그런데 결과는 어땠는가?

여하튼 나는 여기까지 왔다. 그런 대로 성공도 했다. 어떻게 해서 여기까지 오게 되었는지 모르지만, 어쨌든 지금과 같은 삶을 살고 있다. 바로 내 컴퓨터 앞에 앉아서. 약간 낡기는 했지만 예전과 달라진 게 없다. 숱한 시간을 걱정하고 두려워하며 보냈지만 말이다!

이 모든 것에서 어떤 교훈을 얻을 수 있을까? 달리 말하면, 행복한 삶을 사는 데 필요한 것이 무엇일까?

이 책은 그런 고민 끝에 찾아낸 결론이다. 그리고 나는 그 원칙에 맞춰 행복하게 살려고 애쓴다.

이 책이 여러분에게도 도움이 되길 바란다.

행복하게 살아가는 10가지 방법은 다음과 같다.

1. 있는 그대로 받아들여라.

2. 지금 가진 것을 원하라.

3. 자신에게 정직하라.

4. 선입견을 버려라.

5. 쓸데없이 남의 일에 참견하지 말라.

6. 열정을 따르고 그 결과를 받아들여라.

7. 올바로 행동하고 그 결과를 받아들여라.

8. 지금 눈앞에 닥친 일을 처리하고 다른 일은 잊어라.

9. 현실을 바로 알아라.

10. 멀리까지 내다보는 법을 배워라.

1장

있는 그대로를 받아들여라

힘들고 불행한 첫 번째 이유는
지금과는 다른 삶을 바라기 때문이다

　　욕심이 가장 근본적인 문제다. 우리는 삶이 지금과는 달라지기를
바란다. 이런 식으로 생각해 보자.

　　당신이 혹시 불가능한 것을 바라고 있지는 않은가? 영원히 살기
를 바라는 것은 아닌가? 항상 즐겁고, 멋지게 보이기를 바라지 않는
가? 뭐든 당신이 지배하기를 바라지 않는가? 항상 건강하고, 병에
걸리지 않으며 활력 있고 아프지 않기를 바라지 않는가? 어떤 일을
하든 성공하기를 바라지 않는가? 모두가 당신을 사랑하고 존경하기
를 바라지 않는가?…… 우리가 원하는 것을 줄줄이 나열해 보면 이
목록은 한없이 길어질 것이다.

　　그러나 삶은 그렇게 녹록지 않다. 영원히 살면서 죽지 않는 사람
은 없다. 병에 걸리지 않고 늙지 않는 사람도 없다. 우리 몸은 이 땅

에 왔다가, 병에 걸리고, 늙어서 죽게 마련이다. 누구도 피할 수 없는 운명이다.

사랑과 칭찬도 다를 바가 없다. 모두에게 언제나 사랑받고 칭찬받을 수는 없다. 또 열심히 노력한다고 해서 모든 일에서 성공할 수도 없는 노릇이다.

살아가다 보면 예상치 못한 일이 종종 생긴다. 달리 말하면, 뜻밖의 사건이나 사람이 우리 앞에 불쑥 나타날 때가 있다. 삶이 워낙 그렇다. 오늘은 구질구질 비가 오지만 내일은 맑게 갠다. 이런 변덕스런 상황에서 우리가 뭘 할 수 있겠는가? 오늘은 사람들이 많이 찾아오지만 내일은 모두가 우리 곁을 떠나기도 한다.

이처럼 우리 삶은 변덕스럽다. 시시각각 변한다. 어떤 철학을 동원해서 설명하려 해도 삶은 우리의 의지와 상관없이 굴러가는 듯하며, 예기치 않은 일들이 닥친다. 그러나 우리는 지금 이 자리에 있고, 변덕스런 현실 세계의 한 부분이라는 건 부인할 수 없는 사실이다. 우리는 이 몸으로 여행을 하고 접시를 닦으며, 사랑을 나누고, 일을 하며, 자동차를 운전하는 등 온갖 일을 다 해낸다. 그리고 우리 몸은 병에 걸리고 늙어가며 결국에는 죽어서 흙으로 돌아간다.

엄청난 미스터리다. 어쨌든 우리 삶은 그렇게 흘러간다.

이쯤 되면 "살맛 안 나네!"라는 투덜거림이 흘러나오게 마련이다.

그러나 안달한다고 달라질 게 없는데, 삶의 흐름에 자신을 맡기고 그 흐름을 즐기지 못할 이유가 어디에 있는가? 이는 마음만 먹으면 누구라도 해낼 수 있는 일이다. 적어도 나는 그랬다.

간단히 말해서, 우리는 지금의 상황을 거부하며 스스로 불행의 길로 들어선다. 세상 일이 우리 뜻대로 흘러가지 않는데도 왜 뜻대로 진행되지 않느냐며 투덜대면서 불행을 자초한다.

지금 당장, 그런 불평은 그만둬야 한다.

지금 상황을 부인해 봐야 스트레스만 쌓일 뿐이다

현재의 상황에 저항한다는 것은 무척 힘들다. 현실과 싸우는 일은 언제나 힘겹고 피곤하다. 세상이 원치 않는 방향으로 흘러간다고 생각할 때 우리는 현실에 저항한다. "세상이 이래서는 안 돼!"라고 불평한다. 마치 비가 오는 날에 햇살이 비춰야 한다고 불평하는 셈이다.

그러나 그러한 불평이 아무런 도움이 되지 않는다는 걸 우리는 잘 알고 있다. 비가 내리는 하늘을 어떻게 막을 수 있겠는가? 비가 오는데 햇살이 비추지 않는다고 투덜대면 불만만 쌓이고 불행해질 뿐이다. 그보다는 현실을 받아들이고 우산을 사는 게 낫다.

이렇게 날씨가 변덕을 부리면 우리는 상황에 맞춰 대처하는 편이다. 그러나 인간관계나 몸의 상태 등과 같은 삶의 다른 부분에서는 어떠한가? 뭔가 잘못 돌아가고 있다고 생각하면 우리는 어떻게 행동하는가? 상황을 그대로 받아들이지 않고 저항하는 사람이 의외로 많다. 그때마다 우리는 어떤 기분에 사로잡히는가?

실험 작은 실험 하나를 해보자. -

주어진 상황에 반발하지 않는다면, 요컨대 세상 일이 흘러가는 방향에 불만을 갖지 않는다면 어떤 기분일까? 현실에 반발하지 않고 현실을 있는 그대로 받아들인다면 어떤 기분일까? 마음이 한결 편해지는 걸 분명히 느낄 수 있을 것이다.

먼저 이 책을 내려놓고, 딱 2분만 이런 식으로 생각해 보자. '어떤 일이 일어나도 반발하지 않겠어, 어떤 일이라도 있는 그대로 받아들이겠어!' 가령 두통이 밀려오거나 기분이 좋지 않으면 '두통이 밀려오고 기분도 꺼림칙하지만 불평하지 않겠어. 내 몸의 지금 상태에 반발하지 않겠어. 불편하고 불쾌해도 투덜대지 않고, 나한테 고약한 일이 닥쳤다고 생각하지도 않겠어. 그렇게 생각한다고 나아질 게 없으니까. 독감에 걸렸다거나 암에 걸렸을 거라고도 걱정하지 않을 거야. 그냥 내버려두고, 현실을 그대로 받아들이겠어. 아무런 판단도 내리지 않을 거라고!' 라고 혼잣말을 해보라. 지금 당장 그렇게 해보라.

2분만 이런 식으로 생각하면 곧바로 한결 마음이 편안해질 것이다. 어떤 고약한 기분에 사로잡혔더라도 현실을 있는 그대로 받아들이면 온몸이 편안해지고 모든 것이 제자리로 돌아간 듯한 기분이 든다. 또 마음도 진정된다. 이처럼 사고방식을 바꾸면 놀라운 변화가 뒤따른다.

생각이 적이다!

단도직입적으로 말하면, 우리 경험은 곧 우리 마음속에 품은 생각이다. 세상이 이런 식으로 흘러가서는 안 된다고 투덜대면서 현실에 반발하면, 우리 마음이 우선 불편해진다. 내면의 사건이나 몸 밖의 사건이나 다를 게 없다. 사건이라는 점에서는 똑같다. 하지만 그 사건을 어떻게 해석하냐에 따라서 우리 기분이 달라진다. 우리의 해석 여하에 따라서 행복할 수도 있고 불행할 수도 있다.

어떤 사건이 닥칠 때 우리는 어떤 식으로든 그 사건을 해석한다. 과거의 경험과 믿음에 조금도 의문을 품지 않은 채, 그에 근거해서 사건을 비관적인 방향으로 몰아간다. 그때부터 현실과의 싸움이 시작되고, 번민과 고뇌가 뒤따른다.

우리는 또한 '의무'에 대해 집착하고 어떻게든 의무를 다하려고 미친 듯이 골몰한다. '울적한 기분을 내버려둬서는 안 돼!' '힘을 더 내야 해!' '이 일을 꼭 해내야 해!' 라고 생각한다. 이런 '의무'에 사로잡혀 우리는 곧잘 우리 자신을 몰아세운다. 그러나 현실은 눈앞에 닥친 사건 자체이고, 나머지는 우리 생각이 만들어낸 허상일 뿐이다. 또 우리 생각은 눈앞의 사건에 대한 해석에 불과하다. 생각은 실체가 없고, 직접적으로 경험할 수도 없는 것이다. 그저 우리의 해석일 뿐이다. 우리는 끊임없이 해석하고 판단하면서 살아간다. 생각이나 판단이라는 여과장치를 거치지 않고 어떤 사건을 곧바로 경험하는 경우가 얼마나 되겠는가?

이런 깨달음을 얻은 순간부터, 나는 삶을 비롯해 모든 것을 새로운 눈으로 바라보게 되었다.

내가 현실에 반발한 탓에 고통과 번민을 자초했고, 엉뚱하게 해석하고 우울한 상상을 해대면서 삶을 있는 그대로 경험하지 못했으며, 내게 닥친 일을 정직하게 받아들이지 못했다는 사실을 깨달았다. 그것을 깨달으면서 나는 과거의 낡은 해석에 얽매이지 않고 세상을 가감 없이 받아들일 수 있었다.

외부적 요인은 없다

그와 동시에, 외부적 사건이나 현상은 우리 마음을 어지럽힐 수 없다는 사실도 분명히 깨달았다. 우리 생각과 우리가 상상해서 꾸민 이야기가 우리를 실질적으로 지배하기 때문에, 우리 마음을 어지럽히는 것은 외부적 요인이 아니다. 요컨대 우리에게 닥친 현실은 우리에게 어떤 영향도 미칠 수 없다. 우리에게 닥친 사건과 우리 주변에 있는 사람이 우리 삶에 어떤 의미를 갖는지 생각하면서 이야기를 만들어내고, 그 이야기에 맞춰 우리는 살아간다.

이 사건은 이런저런 뜻이 있으니까 위험하고 나쁜 것이며, 심지어 목숨을 위협할지도 모른다고 생각하고, 그 생각을 사실인 양 받아들인다. 그러나 모든 사건은 한낱 사건일 뿐이다. 그 자체로는 어떤 판단이나 내적 가치를 갖지 않는다. 죽음을 비롯해 모든 일이 마찬가지다.

어떤 사람에게는 이런 이야기가 충격적이면서도 무척 도발적일 수 있다. 사실, 우리가 지금까지 삶에 대해 배워온 모든 것의 관점을 완전히 뒤바꿔야 하기 때문에 이해하기도 받아들이기도 어려울 수 있다.

모든 문제가 생각에서 비롯된다는 말은, 예컨대 당신이 암이나 다발성 경화증과 같은 치명적 질병에 걸렸거나 중증 장애를 갖고 있더라도, 그런 문제를 갖지 않은 사람처럼 행복하게 지낼 수 있다는 뜻이다. 우리 행복은 그 문제를 어떻게 해석하느냐에 따라 결정되기 때문이다. 우리가 처한 상황을 두고 어떤 이야기를 만드냐에 따라 우리는 행복할 수도 불행할 수도 있다는 뜻이다.

지금 이 순간에 우리에게 어떤 문제가 닥쳤든, 우리는 여전히 숨을 쉬며 이곳에 있다. 한마디로, 목숨을 잃지는 않은 것이다. 불행은 우리 자신을 다른 사람과 비교하는 순간부터 시작된다. 어떤 특정 순간에 우리가 무엇을 하고 어떻게 느껴야 하는가를 규정할 때부터 불행이 시작된다.

지금 우리에게 닥친 상황에 대한 생각을 멈춘다면 어떻게 될까? 상황의 옳고 그름을 따지고자 하는 게 아니다. 실제로 우리에게 닥친 상황 자체에 대해 말하는 것이다.

내가 항상 경험하는 것이지만, 현재 상황이 의미하는 바에 대한 생각을 떨쳐버릴 때, 먼저 마음이 편해진다. 다음으로는 내가 지금 이 순간에 존재한다는 깨달음을 얻게 된다. 그리고 이 순간에 무엇인가가 나와 함께한다는 점을 깨닫는다. 예컨대 따뜻한 햇살을 받고 있거나, 접시를 닦고 있을 수도 있다. 또 옆에 놓인 꽃병에 꽂힌 꽃을 바라보거나, 컴퓨터 앞에 앉아 있을 수도 있다.

이는 명백한 진실이다.

누구도 부인할 수 없는 사실이다.

삶.

평안한 삶.

행복한 삶.

우리는 어떤 상황에서도 행복한 삶을 살아갈 수 있다! 우리에게 닥친 일을 섣불리 해석하지 않을 때, 우리는 행복하기 위해 태어난 사람인 걸 깨닫게 된다. 행복한 삶은 우리가 이 땅에 존재하는 이유다. 그런데 우리는 다른 식으로 생각하도록 교육받은 듯하다. 달리 말하면, 우리 행복이 건강과 외적 상황, 외모와 은행 잔고에 달렸다고 생각하도록 교육받았다. 그러나 진실은 그렇지 않다.

우리는 외적 상황과 관계없이 행복하게 살 수 있다. 행복은 생득권이기 때문이다. 행복은 건강과 재산, 성공 등과는 아무런 관계가 없다. 행복은 외적인 어떤 조건과도 무관하다. 우리가 생각하는 대로 살아갈 수 있다. 달리 말하면, 우리가 허락하지 않는 한 외적 요인은 어떤 식으로도 우리 행복에 영향을 미칠 수 없다는 것이다. 상황에 대한 우리의 해석만이 우리 삶에 영향을 미친다. 결국 생각과 해석이 우리 삶 자체라 할 수 있다.

따라서 당신의 삶은 당신에게 닥친 상황에 대한 당신의 해석이며, 내 삶은 내게 닥친 상황에 대한 내 해석이다. 결국 우리가 생각만 제대로 하면 모든 문제가 해결된다는 뜻이다. 생각 이외에는 어떤 것도 지금 우리의 행복한 삶을 방해하지 못한다.

대단한 깨달음이지 않은가? 생각 이외에는 해결할 문젯거리가 없다니! 나는 오래 전부터 여러 권의 책을 통해 줄곧 말해 왔지만, '생각만 잘 하면 모든 문제가 해결된다'라는 간단한 말에 담긴 뜻을 더 깊이 이해할수록 깨달음의 효과는 계속 커져갔다.

불행은 우리 머릿속의 생각일 뿐이다.

불행이 내 머릿속의 생각일 뿐이란 깨달음에서 더 나아가, 불행의 씨가 될 만한 생각을 하지 않고 상황을 내 멋대로 해석하지 않을 때 비로소 불행이 사라진다는 것을 깨달았다.

통증은 어디에서 오는가?

나는 그 깨달음의 깊이를 더해 가려고 애썼다. 그래서 우리가 상상할 수 있는 최악의 상황, 즉 통증에 적용해 보았다. 먼저, 통증이 무엇일까. 통증 자체를 생각하지 않는다면 통증이 어디에 있겠는가? 예컨대 잠이 들면 통증을 느낄까? 두통과 씨름하다가 잠이 들었다면, 잠을 자면서도 두통을 느낄까? 잠든 동안은 두통을 생각하지 않는다. 그리고 두통도 사라진다. 대체 두통이 어디로 사라진 것일까? 그런데 잠에서 깨면 다시 두통을 느낀다. 또 일에 몰두하면 한동안은 두통을 잊는다. 그러다가 두통을 다시 떠올리면 곧바로 두통이 되살아난다. 그렇다면 통증을 생각하지 않는 순간 두통은 어디로 간 것일까? 따라서 나는 '생각하지 않으면 뭐가 남을까? 생각이 사라진 순간 통증은 어디에 있을까?'라는 의문이 생겼다.

나는 통증이 밀려올 때 잠을 자지 않고 의식적으로 관심의 초점을 바꾸려고 애썼다. 놀랍게도 관심의 초점을 의식적으로 바꾸자, 완전히 사라지지는 않았지만 통증의 강도는 크게 달라졌다.

그 밖에 새롭게 발견한 것이 있었다. 내가 통증을 머릿속으로 생각하는 경우에는 통증을 이겨내려고 애쓰고 있는 것이었다. 통증을 이겨내려 할수록 통증은 더 심해졌다. 왜 통증을 이겨내려 했을까? 나는 통증에 대해 어떤 이야기를 꾸미고 있다는 결론에 도달했다. 예를 들어, 견디기 힘들 정도로 아프면 이런 생각이 든다. '제기랄, 무지하게 아프군. 대체 뭐가 잘못된 걸까? 언제까지 계속될까? 더 나빠지면 어떻게 하지? 혹시 심각한 병은 아닐까? 그렇다면 난 죽을지도 몰라!' 우리는 아플 때 이처럼 나쁜 방향으로 생각하기 쉽다.

그럴수록 통증은 더 심해지고 악화될 뿐이다.

　우리가 느끼는 통증에서 어느 정도가 직접 육체로 겪는 것인지, 어느 정도가 머릿속으로 꾸며내는 것인지 궁금했다. 그래서 통증을 느낄 때마다 그 통증이 내 삶과 미래에 어떤 의미를 갖는지 생각하지 않고, 나 자신에게만 충실하려 애썼다. 괜한 공포에 사로잡히지 않고 현재의 느낌을 그대로 받아들이려 노력했다. 그럼 희한하게도 기분이 달라진다. 통증이 완전히 사라지지는 않지만 강도가 훨씬 줄어든다.

　내 말에 공감한다면, 언젠가 통증을 느낄 때 똑같이 해보라고 권하고 싶다. 그 순간의 불편함을 고스란히 받아들이고 통증이 야기할지도 모르는 미래에 대한 생각은 완전히 차단한다. 약을 먹든, 통증을 완화할 수 있는 온갖 조치를 취하지만, 미래와 연관지어 생각하지 말고, 그 순간에 충실하라. 우리는 현재의 순간에 존재할 뿐이다. 통증이 어떤 의미를 갖고 미래에 어떤 영향을 미치게 될지는 누구도 확실히 모른다. 확실한 것은 지금 이 순간 불편을 느낀다는 것뿐이다. 미래는 미래에 맡겨라.

통증과 고통의 차이

인도의 위대한 스승, 스리 니사르가다타 마하라지는 "통증은 육체적인 것이고 고통은 정신적인 것이다. 정신의 한계를 넘어서면 어떤 고통도 없다. 통증은 몸이 위험에 빠졌으니 관심을 가져달라는 신호에 불과하다. …… 통증은 몸의 생존을 위해서 반드시 필요하지만 통증 때문에 고통받아서는 안 된다. 고통은 집착하고 저항하는 데서 비롯될 뿐이다. 고통은 삶의 흐름을 거스르려는 욕망의 신호다"라며 통증과 고통의 차이점을 분명하게 설명해 주었다.

편견은 아무런 도움도 되지 않는다

이 책은 행복을 다루고 있으며 우리가 생각한 개념의 정의가 맞느냐 틀리느냐에는 관심이 없다. 무엇이 우리의 행복과 불행을 좌우하느냐에 초점을 맞출 뿐이다. 따라서 우리가 고통받아 마땅하냐 그렇지 않느냐는 여기에서 중요한 문제가 아니다. 우리가 고통받을 짓을 했느냐 하지 않았느냐도 중요한 문제가 아니다. 우리는 공정성을 따지려는 게 아니다. 현실을 말하고 있을 뿐이다. 실제로 존재하는 것에 대해 말하고 있을 뿐이다.

따라서 당신이 통증을 느낀다면 그게 당신의 현실이다. 당신이 그런 처지에 빠진 것이 공정하냐 그렇지 않느냐는 별개의 문제다. 아무튼 통증을 겪는 것이 현재 당신의 처지라면 그 상황을 극복하는 최선의 방법이 무엇일까? 두려워한다고 해서, 또는 당신이 그런 고통을 받아야 할 이유가 없다면서 세상이 공평하지 않다고 투덜댄다고 해서 문제가 해결되지는 않는다. 그런 불평이 당신에게 무슨 도움이 되겠는가? 그렇게 불평한다고 고통에 빠진 삶이 조금이라도 나아지겠는가? 두려움에 휩싸여 지내고, 불평불만을 일삼는다면 우리의 일상은 어떻게 될까?

이 순간에 행복하기를 바란다면 우리가 가장 소중히 생각하는 믿음과 사고방식에도 의문을 제기하고 넘어설 수 있어야 한다. 그런 믿음과 사고방식이 당신을 불행의 길로 밀어 넣는다면 구태여 붙잡고 있을 이유가 없다.

아프가니스탄의 어린 소녀

나와 함께 이 문제를 상의하던 중 남자 친구가 문득 이런 질문을 던졌다. "지뢰에 다리 하나를 잃은 아프가니스탄 소녀는 어떻게 설명해야 할까?" 그래, 아프가니스탄의 그 소녀는 어떻게 설명해야 할까? 그렇다고 삶은 불공평하다고 말하는 게 그 소녀의 삶이 나아지는 데 도움이 될까? 우리가 고통을 조금이라도 줄이고 세상을 더 나은 곳으로 만들어가기 위해 기를 쓰고 노력할 필요가 없다는 뜻은 아니다. 그 소녀의 현실이 다리 하나를 잃은 것이라고 말하는 것일 뿐이다. 그게 그 소녀의 현실이다. 우리는 현실을 바꿀 수 없다. 그 소녀에게 다리를 돌려줄 수 없다.

그 소녀의 삶이 어때야 한다는 생각에는 우리의 두려움과 헛된 상상이 투영되지 않았다고 감히 말할 수 있을까? 그 소녀가 지금 어떤 생각을 하고 어떤 삶을 사는지 우리는 정확히 알지 못한다. 그러나 삶이 그 소녀에게 가혹할 정도로 불공평했다는 우리 생각과 똑같이 그 소녀도 생각한다고 해보자. 그런 생각이 다리 하나로만 인생을 살아가는 데 도움이 될까? 다리가 하나밖에 없는 그 소녀의 현실을 바꿀 수 있는 것은 아무것도 없다. 그런데도 우리는 다리가 하나밖에 없는 소녀가 우리보다 못한 삶을 살 거라고 말하고 있다. 결국, 다리가 하나밖에 없어 그 소녀가 영원히 불행하게 살 거라는 뜻이 아닌가! 다리가 하나밖에 없어 그 아이의 삶이 완전히 망가졌다는 뜻이 아닌가! 다리 하나를 잃었다고 인생에 아무런 즐거움도 없을 거라는 말이 아닌가! 만일 이런 생각이 우리나 그 아이가 멋대로 만들어낸 이야기라면 다리 하나를 잃은 현실보다 더 잔혹한 형벌이 아닐 수 없다.

다리가 있든 없든, 그 소녀는 여전히 이 땅에 살고 있다.

다리가 있든 없든, 그 소녀는 누구 못지않게 창창한 삶을 누릴 수 있다.

다리가 있든 없든, 그 소녀에게는 의식意識이란 위대한 선물을 갖고 있다.

아프가니스탄 소녀가 처한 현실에 우리가 반발하는 이유는, 완전한 몸과 물질적 풍요가 행복한 삶의 전제 조건이라고 믿고 있어서이다. 그것은 특히 서구 사람들이 가장 중요하게 생각하는 믿음이기도 하다. 물론 우리가 사회 정의를 위해 노력하고, 이 땅에 있는 모든 사람들의 고통을 줄이고 삶의 질을 개선하기 위해 노력할 필요가 없다는 뜻은 결코 아니다. 그러나 내가 여기에서 말하고자 하는 것은 '완전한 몸과 물질적 풍요가 행복한 삶의 전제 조건이다' 라는 생각에 의문을 품어보자는 것이다. 우리가 정말로 이 생각이 진실이라고 믿는지 스스로에게 물어보자. 행복의 추구가 우리의 천성이라면 몸이 완전하지 않고 물질적으로 풍요롭지 않은 사람은 불행할 수밖에 없다고 자신 있게 말할 수 있을까? 다리 하나를 잃었다고, 깨끗한 물이 없다고, 냉장고에 먹을 것으로 가득 차 있지 않다고 불행할 수밖에 없는 운명이라고 자신 있게 말할 수 있을까? 그게 진실이라면, 다리 하나를 잃고 굶주린 아프가니스탄 소녀는 현재에도, 이후로도 영원히 즐겁고 행복한 삶에서 멀어졌다고 말할 수 있다. 그러나 그게 진실이라고 우리가 어떻게 확신할 수 있을까?

소극적이 되라는 뜻은 아니다

그럼, 현실을 있는 그대로 받아들이라는 말이 삶에서 소극적이 되라는 뜻일까? 있는 그대로의 현실을 받아들이라는 말은 모든 것에 "예!"라고 대답하라는 뜻은 아니다. 고통을 무작정 받아들이면서, 우리 자신이나 다른 사람들에게 더 좋은 세상이 될 수 있도록 필요한 일을 하지 말라는 뜻은 더더욱 아니다. 또 이 땅에서 살아가는 조건과 삶의 질을 향상시키기 위해 노력하지 말라는 뜻도 아니다.

자칫하면, 현실을 있는 그대로 받아들이라는 말이 소극적 자세를 취하라는 것처럼 들릴 수 있다. 그러나 전혀 그렇지 않다. 오히려 정반대다. 현실을 냉철한 눈으로 정확히 파악할 때, 또 짜증으로 반응하지 않고 지금 이 순간에 닥친 일을 순순히 인정하며 주변을 차분하게 살필 때, 상황을 최적의 방향으로 해결할 수 있기 때문이다.

예컨대, 당신이 길을 걷고 있는데 누군가 당신 앞에서 심장마비를 일으켰다고 하자. 이때 당신이 비명을 질러댄다고 해서 그 상황을 바꿀 수는 없다. 흥분해서 날뛴다고 그 사람이 벌떡 일어서는 것도 아니다. 또 '불쌍한 사람, 이런 일이 생겨서는 안 되는데. 착한 사람에게 이런 고약한 일이 생기다니!' 라고 한탄한다고 그 사람이 낫는 것도 아니다. 그러나, 그 순간에 충실해서 침착하게 구급차를 부른다면 그 사람을 구할 수 있다. 또 그의 옷을 느슨하게 풀어주고 편하게 눕힌 후에 지혜롭게 응급조치를 한다면 그를 구할 가능성이 커진다.

일상 속에서 부딪치는 크고 작은 일들이 다 마찬가지다. 현실을 거부하는 데 쓸데없이 에너지를 낭비하지 말고 현실에 충실하면서. 코앞에 닥친 일을 능력이 닿는 데까지 현명하게 처리하는 편이 훨씬 낫다.

우리에게 어떤 일이 닥치면
그 일은 일어날 수밖에 없었던 것이다.
왜일까? 지금 그 일이 일어나고 있으니까.

우리가 이런 가치관을 갖고 우리 생각과 마음을 면밀히 관찰하면서, 지금 이 순간에 우리 삶에서 반드시 일어나야 할 일과 결코 일어나서는 안 될 일에 대한 이야기를 멋대로 꾸미지 않는다면, 우리의 진정한 본성이 모습을 드러낸다. 신비하고 경이롭게도, 지금 이 순간에 한없는 행복감을 만끽하게 된다.

행복은 우리에게 주어진 생득권이고 진정한 본성이다.

2장

지금 가진 것을 원하라

Are You
Happy Now?

힘들고 불행한 두 번째 이유는
지금 갖지 않은 것을 바라기 때문이다

　지금 당신은 '결핍' 증후군에 시달리고 있지는 않은가? 지금 가진 것보다 더 많은 것을 원하는가? 뭔가를 갖지 못해 안달하는가? 전에 가진 것이 지금 가진 것보다 더 낫다고 믿는가? 당신이 가진 것이 이웃이나 친구가 가진 것보다 안 좋다고 생각하는가? 건강이 옛날만큼 좋지 않고, 상황도 나빠지기만 한다고 생각하는가? 지금보다 과거가 더 좋았다는 생각이 늘 드는가? 당신의 옷이 친구들의 옷만큼 멋지지 않고, 당신 집의 소파도 변변찮다고 생각하는가? 텔레비전이 첨단 하이테크 기능을 갖추지 못한 최신형 모델이 아니라 불행한가? 또 집세가 옛날에 비해 턱없이 오르고, 생활비가 수퍼마켓의 상품 가격처럼 꾸준히 늘어가는 게 부당하다는 생각이 드는가?

　시간이 지나면 사는 게 더 재밌어지리라 생각하는가? 대학을 졸

업해서 좋은 직장을 얻으면, 또 결혼해서 가정을 꾸리면 형편이 훨씬 더 나아지리라 생각하는가? 모든 면에서 의지할 수 있는 친구가 생기면 삶이 훨씬 나아지고 안심하고 지낼 수 있으리라 확신하는가? 그리고 이 모든 이야기가 당신 이야기처럼 들리는가?

그렇다면 당신은 '결핍' 증후군에 시달리는 환자다!

지금 당신이 행복하지 않다고 해서 이상할 건 없다. 머릿속은 어떤 생각들로 꽉 차 있고 마치 전쟁터처럼 늘 복잡하다! 당신은 현실에 끊임없이 반발한다. 따라서 불만스럽고 스트레스에 짓눌릴 수밖에 없다.

이런 것들이 당신에게 무슨 도움이 되는지 냉정하게 생각해 보라. 남들과 비교하면서 허황된 이야기를 만들어낸다고 삶의 질이 당장에 나아지는가? 당신의 기대와 달리, 집세와 생활비는 계속해서 올라간다. 건강도 예전만큼 좋지 않고, 텔레비전은 구닥다리가 되어가고, 소파는 낡아간다. 그게 당신의 현실이다. 게다가 당신에게는 아내도 자식도 없다. 완벽한 가족은 요원한 이야기다. 당신이 꾸며낸 이야기로 인해 현실을 부정한다면 마음이 편할 수 없고 행복할 수도 없다. 모든 불행은 당신이 꾸며낸 이야기, 즉 현실을 부정하면서 당신의 삶이 이런 식이어서는 안 된다고 꾸며대는 허황된 이야기에서 시작된다.

이런 짓이 미친 짓이 아니라면 뭐겠는가?

누가 기준을 세우는가?

내 삶은 어떤 식이어야 한다는, 내가 꾸며낸 이야기들을 찬찬히 살펴보고 나는 적잖은 충격을 받았다. 다른 사람이 내게 자신의 삶에 대해 넋두리하던 이야기를 들었을 때도 똑같이 놀라고 충격을 받았다. 당신도 당신 자신의 이야기나 이 책에서 소개되는 이야기를 살펴보면 대부분 엇비슷하다는 사실에 놀랄 것이다. 실제로 모든 이야기가 표현되는 단어만 다를 뿐 핵심은 같다!

어쨌든 우리가 넋두리하듯 꾸며대는 이야기는 '삶은 이래야만 한다'라는 완전히 자의적인 기준에 근거하고 있다. 흔한 예를 들어보자.

대학을 졸업해서 좋은 직장을 얻어야 성공한 것이고 행복하다. 내 일에서 탁월한 실적을 올려야 성공한 것이고 행복하다. 많은 돈을 벌어야 성공한 것이고 행복하다. 멋지게 보이고 유행하는 옷을 입어야 성공한 것이고 행복하다. 좋은 직장을 가진 남자와 결혼해서 좋은 집을 사고 두 아이를 두면 성공한 것이고 행복하다. 내 분야에서 대단한 발견을 해내야 성공한 것이고 행복하다. 내가 뛰어난 관리자라는 걸 증명해 보이고 승진해야만 성공한 것이고 행복하다. 내 아이들이 학교에서 좋은 성적을 받아야 성공한 것이고 행복하다. 몸이 건강해야 성공한 것이고 행복하다. 이런 이야기들에 따르면, 우리는 뭔가를 이뤄내고 성공해야만 행복한 사람이 될 수 있다. 하지만 정말 그럴까?

정말 뭔가를 이뤄내고 성공해야만 행복하다는 말이 사실인지 냉정하게 다시 한 번 생각해 보자.

다음 세 경우를 비교해 보자.

상황 1 맥도널드의 일자리

- 당신은 실업자이고 가진 돈도 없다. 그런데 맥도널드에서 일자리를 얻었고 그일이 고맙게 생각된다. 성공했다는 기분까지 든다.
- 당신은 대기업의 관리자였지만 해고당했다. 한 친구가 당신에게 맥도널드 일자리를 제안한다. 하지만 당신은 맥도널드에서 일하는 건 창피한 일이고, 인생의 패배라 생각한다.

상황 2 목발

- 당신은 다발성 경화증으로 고생하며 대부분의 시간을 휠체어에서 보낸다. 물리치료사의 도움을 받아 목발로 걷는 연습을 한다. 당신은 그것만도 다행이라 생각한다.

- 당신은 활달하게 뛰어다니던 사람이었다. 그런데 달리기를 하다가 다리가 부러졌다. 앞으로 두 달 동안 목발에 의지해서 절름거리며 걸어야 한다. 당신은 비참한 신세로 전락했다고 생각한다.

상황 3 임신

- 당신은 몇 년 전부터 임신하기 위해 온갖 방법을 다 썼다. 그리고 마침내 임신하게 됐다. 당신이 오랫동안 염원하던 임신에 성공해서 너무 기쁘다. 세상을 얻은 듯한 기분이다.
- 당신에겐 이미 자식이 셋이나 있다. 따라서 다시는 임신하고 싶지 않다. 이런 당신에게 임신 소식은 청천벽력과도 같다.

똑같은 상황을 다르게 해석한 세 가지 예다. 어느 쪽이 성공이고 실패일까? 당신은 어느 쪽인가? 상황은 상황일 뿐이다. 우리가 주어진 상황에 어떻게 반응하느냐에 따라 행복과 불행이 결정된다. 달리 말하면, 행복과 불행을 결정하는 요인은 그런 상황과 그 상황에 관련된 사건에 대해 꾸며내는 이야기이다. 사건 자체는 아무런 의미도 없다. 사건은 그저 우리 눈앞에 닥친 도전거리일 뿐이다. 그런데 외적인 사건에 대한 반응은 언제나 내적인 사건으로 발전한다.

대체 누가 우리를 성공했다거나 실패했다고 판단하는 걸까? 우리의 행복과 불행을 결정하는 힘을 가진 것은 대체 무엇일까? 외적인 사건에 당신이 어떻게 반응하는지 돌이켜본 적이 있는가? 이런저런 의미를 갖는다는, 당신이 꾸며댄 이야기를 살펴본 적이 있는가?

내적인 원인과 결과

진실을 알고 싶다면 꼭 봐야 할 곳은 한 곳뿐이다. 바로 우리 내면이다. 모든 원인과 결과는 우리 내면에서 비롯되기 때문이다. 지금 주변에서 일어나는 일에 대한 당신의 반응을 살펴보라. 당신의 반응은 그 상황과 사건에 대해 당신이 꾸민 이야기에 근거한다는 사실을 깨닫게 될 것이다. 요컨대 당신의 반응은 당신의 기대치에 따라 결정되고, 당신의 기대치는 무엇이 좋고 무엇이 나쁘다는 당신의 판단에 따라 결정된다. 이런 가치 판단은 당신의 배경과 문화, 종교와 성, 연령과 고향, 직업과 가족 등 많은 요인에 의해 형성된다.

따라서 어떤 상황에 대한 우리 반응은 완전히 자의적이고, 실질적으로는 아무 관계가 없다. 주관적인 가치 판단에 따라 결정될 뿐이다.

달리 말하면, 어떤 사건에 부닥쳐서 우리가 그 사건을 좋은 것이라고 생각하면 행복하고, 그 사건을 나쁜 것이라고 생각하면 불행하다고 느낀다. 아주 간단하다. 그러나 우리 반응과 상관없이 사건 자체는 없어지지 않는다. 요컨대 사건과, 그 사건에 대한 우리 반응 사이에는 아무런 상관관계가 없다. 우리가 그 사건에 어떤 식으로 반응하든 사건 자체와는 관계가 없다.

사건은 사건일 뿐

거듭 말하지만 사건은 사건일 뿐이다. 그런데 우리는 사건이 일어나면, 어떤 것은 좋고 어떤 것은 나쁘다는 가치 판단에 근거해서 이야기를 꾸며내고 그 사건을 판단한다. 현실은 어때야 한다는 기준에 근거해서 그 사건에 반응한다. 거의 기계적인 반응이다. 그렇게 해서라도 행복하다면 그나마 다행이다. 그러나 행복하지 않다면, 우리가 설정한 행복과 성공의 기준이 무엇이고, 누가 그 기준을 세웠는지 따져봐야 한다. 당신 스스로 세운 기준인가? 혹시 가족과 친구와 동료, 학교와 직장, 문화와 사회의 기준을 그대로 받아들인 것은 아닌가? 당신은 '세상은 이래야만 한다'는 원칙에 맞춰 이야기를 꾸미고 있지는 않은지 돌아보라. 스스로 인식하지 못하는 사이에 당신이 그런 이야기를 꾸미고 있을지도 모른다. 당신이 이야기를 꾸며내면서 그 근거가 되는 가치관에 의문을 품은 적이 있는가?

정말로 즐겁게 살고 있지 못하다면, 당신이 지금 갖고 있지 못한 것을 원하며 많은 시간을 낭비하고 있다면, 당신의 기대치를 객관적으로 냉정하게 되짚어봐야 한다.

우리는 우리가 의식조차 못하는 기준과 믿음에 따라 우리 경험을 판단하면서 살아간다. 모두가 실제로 그렇게 살아가기 때문에 내 지적이 새삼스런 것은 아니다. 우리 대부분은 사회를 지배하는 기준과 기대치를 맹목적으로 받아들인다. 게다가 주변에서는 늘 그런 믿음을 강요한다. 가족과 친구, 신문과 텔레비전, 학교와 직장, 정치인과 지도자들은 세상을 살아가는 기준에 대해 끊임없이 말한다. 누구도 그 믿음과 기준에 의문을 가지라고 하지 않았다.

따라서 많은 사람이 불행의 늪에 빠지고 위기를 맞아서야, 그동안 가졌던 믿음에 의문을 품고 세상을 직시하기 시작한다. 달리 말해, 위기를 제대로 활용하면, 우리가 꾸민 이야기와 기준과 가치 판단이 우리 행복과 안녕에 어떤 영향을 미치는지 깨달을 수 있다는 것이다.

어떤 기대치도 갖지 않을 때 모든 것이 성공이다!

위기의 축복

내면의 힘을 발휘할 때 우리는 위기에 담긴 진정한 의미를 발견할 수 있다. 위기가 없다면 우리는 어떤 일을 이뤄낼 수 있을까? 위기가 없다면 대부분의 사람은 발전하고 성장하지 못할 것이다. 판에 박힌 삶을 되풀이하면서 자질구레한 일로 시간을 보내고 말 것이다. 그러나 다행히 우리는 위기로부터 축복을 받는다. 위기는 우리 옆구리를 쿡 찌르면서 그동안 가졌던 믿음에 의문을 품고 정신을 차리라고 말한다. 위기는 변화를 이끌어내는 마법의 지팡이다!

위기는 경고 신호다. 기존의 생각과 행동이 행복을 가로막는 장애물이라고 알리는 신호다. 앞서 말했듯이, 행복은 우리에게 주어진 생득권이고 진정한 본성이다.

위기는 다른 면에서도 흥미롭다. 어린 시절에 여러 가지 경험을 해보지 않은 사람은 위기가 닥치면 지레 겁부터 먹는다. 특히 위기가 어떤 의미를 갖는지 모르거나, 어떤 식으로 생각해야 하는지 배우지 못한 경우에는 더더욱 그렇다. 그러나 나이를 먹고 큰 위기를 한두 차례 겪으면서 사람은 성숙해진다. 어떤 위기가 닥쳐도 그럭저럭 헤쳐 나가다 보면 결국에는 위기를 넘기게 된다는 사실을 깨닫게 된다. 심지어, 옛날에는 위기로 여겨지던 것도 어쩔 수 없는 사건에 부적절하게 반응한 것에 불과하다는 사실까지 깨닫게 된다.

언젠가 나는 제2차 세계대전 중 침몰했던 독일 잠수함에서 살아남은 사람들의 이야기를 다룬 책을 읽었다. 바다에서 하염없이 표류하던 생존자들을 구해냈을 때, 그 시련을 이겨낸 생존자 대부분은 상대적으로 나이가 많은 선원들이었다. 반면에 젊은 선원들은 체력적으로 강하고 튼튼했지만 모두 목숨을 잃었다. 그들이 잠수함을 포기하고 망망대해에서 구명선에만 의지해야 했을 때, 삶을 살면서 위기를 겪어본 늙은 선원에 비해 젊은 선원들이 더 겁에 질렸기 때문이다. 요컨대 생존은 마음가짐의 문제라고 할 수 있다.

위기는 '현실을 이겨내라!' 라는 뜻으로 정의할 수 있다.

따라서 '위기'와 그에 따른 불안감을 회피하지 말고, 마음을 차분히 가라앉히고 눈앞에 닥친 일을 세심히 살펴보는 방법을 배워야 한다. 눈앞의 사건, 즉 위기를 깨달음의 눈으로 면밀히 살피며 냉철하게 반응할 때 놀라운 결과가 뒤따른다.

위기란 무엇인가? 현실을 이겨내는 것이다.

나는 어떤 사람인가?

우리가 위기를 맞았다고 생각하든 아니든 결국에는 사건과 상황에 대해 올바르게 생각하고 반응하는 것이 중요하다는 사실을 깨달아야 한다. 이런 사실을 깨닫고 나면 자연스레 '행복에 있어 내가 만든 이야기와 자의적 기준이 없다면 나는 도대체 무엇인가?'라는 의문이 생기게 된다.

다시 생각해 보자.

우리가 꾸민 이야기가 없다면 무엇이 남는가?

우리가 지금 실제로 가진 것은 무엇인가?

우리가 지금 처한 현실은 어떠한가?

첫째로 깨달아야 할 것은 우리가 지금 이 순간에 있다는 것이다. 뭐라고 변명해도 '우리는 지금 이 순간에 있다!'는 진실은 변하지 않는다. 그게 전부이고, 그게 현실이다. 우리는 분명히 지금 이 순간에 존재한다. 바로 지금이 우리의 삶이다. 이보다 확실한 것은 없다. 그런데도 우리는 이런 기본적 사실을 간과하기 일쑤다. 어째서 이런 기본적인 사실을 자꾸만 잊는 것일까? 우리 모두가 근거 없이 만들어낸 이야기에 사로잡혀 있기 때문이다. 우리 모두가 딴 데 정신이 팔려서 현실을 똑바로 보지 못하기 때문이다. 우리가 지금 이 순간에 있다는 사실을 이해하지 못하기 때문이다. 삶 자체를 올바로 인식하지 못하기 때문이다.

우리는 지금 눈앞에서 펼쳐지고 있는 사건마저도 제대로 인식하지 못한다. 머릿속에 맴도는 딴 생각에 사로잡혀 바로 눈앞의 것조차 제대로 보지 못하고, 우리가 가진 가장 기본적이고 소중한 것, 즉 우리 존재 자체를 대강 넘겨버린다. 따라서 우리가 가진 가장 소중한 선물을 잊고 지내고 있으며, 우리가 지금 이 순간, 이 자리에서 살아 숨쉬는 삶 자체라는 사실을 깨닫는 순간 모두가 화들짝 놀란다.

성공과 행복

다시 처음으로 돌아가서 '성공과 행복은 정말로 상관관계가 있을까?'라는 의문을 가져보자. 성공은 행복하기 위해 필요하다고 생각하는 외적인 조건이라는 사실을 깨달았다. 그렇다면 우리가 성공이라고 생각하는 것이 진정한 행복과 어떤 관계가 있을까? 외적인 조건이 우리에게 아무런 영향도 끼치지 못한다면, 또 외적인 조건은 내적인 원인과 결과에서 작은 문젯거리에 불과하다면, 외적인 조건이 어떻게 성공이나 행복을 결정할 수 있겠는가?

그럼 행복을 결정하는 요인은 무엇일까?

내가 깨달은 바에 따르면, 행복은 그 자체로 편안한 마음 상태다.

현재에 충실하고 현재의 상황에 반발하지 않는 마음 상태다. 현실에 불만을 갖고 현실이 그래서는 안 된다고 이야기를 꾸며대지 않는 마음 상태다. 행복은 상황을 있는 그대로 받아들이는 마음 상태다. 현재의 상황과 다투지 않고, 정신을 똑바로 차리고 지금 이 순간에 닥친 일을 냉정하게 처리할 수 있는 마음 상태를 뜻한다. 그 밖에 무슨 성공이 있을 수 있겠는가? 행복으로 가는 길이 그 밖에 또 어디에 있겠는가?

결국, 성공도 생각이 함께할 때 행복하다.
그 밖에 뭐가 또 있겠는가?

새로운 전략

이제라도 새로운 전략을 동원해 보자. 우리가 지금 가질 수 없는 것을 원할 때 고통스러워진다는 걸 모르는 사람은 없다. 그런데 왜 생각의 방향을 바꿔서, 지금 가진 것을 원하겠다고 결심하지 못하는 걸까? 내 말이 이상하게 들리는가? 그럼 다시 생각해 보라. 우리가 불행한 것은 우리가 갖지 못한 것을 바라기 때문이다! 너무 간단하지 않은가? 그렇다면, 우리가 가진 것을 원하지 못할 이유가 어디에 있을까?

이 메커니즘을 좀더 자세히 살펴보자.

당신 자신에 대해 정확히 분석해 보자. 당신이 지금 이 순간에 불행한 이유가 뭔지 생각하고, 정직하게 대답해 보자. 십중팔구 그 이유는 당신이 원하는 것을 갖고 있지 못하기 때문일 것이다. 아니면, 당신이 갖고 있는 것이 원하지 않은 것일 수도 있다. 하지만 결국에는 똑같은 말이다. 내 지적이 맞는가? 자신에게 솔직하게 대답해 보라. 지금 이 순간 우리 행복을 가로막는 유일한 장애물은 우리가 갖지 못한 것을 바라는 욕심이다. 예컨대 더욱 건강해지기를 바라고, 멋진 아파트에 잘 이해해 주는 배우자와 두둑한 은행 잔고를 바라는 것이다. 그게 뭐든 간에 지금 이 순간에 당신이 갖지 못한 것이다. 바로 그런 욕망이 당신을 불행하게 만든다. 적어도 지금 이 순간에는! 내 말이 틀린가?

그게 아니라면 무엇이 지금 당신을 불행하게 만들 수 있겠는가? 당신을 슬프고 불행하게 만드는 것은 지금 갖지 못한 것을 향한 욕망이다. 그게 전부라 해도 과언이 아니다. 그러니 이제부터라도 우리가 가진 것을 원하며 행복하게 살겠다고 결심하지 못할 이유가 있는가? 이는 결코 정신 나간 소리가 아니다. 특히 우리 경험이 결국에는 우리 머릿속의 생각에 불과하다는 진실을 깨닫는다면, 내 말에 수긍할 것이다. 우리가 생각하는 대로 세상을 경험한다. 단 하나의 예외도 없다.

우리가 어떤 식으로 생각하고 경험하든 세상은 변하지 않는다. 머릿속의 생각이 우리 마음에 들든 안 들든 간에 세상은 우리 생각과 무관하게 흘러간다. 우리가 좋아하든 싫어하든 어떤 사건에서 비롯된 상황은 우리 생각과 아무런 관계가 없다. 상황은 우리 앞에서 꿈틀대는 살아 있는 생물이다. 결국, 우리를 슬프고 불행하게 만드는 결정적 요인은 우리 편견에 의한 선택이다.

지금 갖지 못한 것을 원하지 말고,
지금 가진 것을 원하라.
이것이 행복으로 가는 지름길이다.

 지금 가진 것을 원하라 ----------------------------------

지금 가진 것을 원하는 방법이 무엇일까? 간단한 실험으로 알아보자.

먼저 이 책을 덮고, 지금 이 순간에 당신이 무엇을 갖고 있는지 찬찬히 살펴보라. 지금 무엇을 하고 있는지 살펴보고, 어디에 있는지 둘러보라. 어떤 기분인가? 당신 주변의 것을 눈여겨보라. 그 모든 것을 있는 그대로 받아들여라. 어떤 식으로도 판단하지 마라. 그냥 주변을 둘러보기만 하라. 외적인 것은 물론이고 내면의 기분까지 그대로 받아들여라. 심호흡을 하고, 지금 이 순간에 당신에게 있는 것만을 원할 때는 어떤 기분일지 차분하게 생각해 보라. 지금 당신 주변에 있는 것과, 당신의 내면에 존재하는 것만을 원한다면 어떤 기분일까? 정말로 당신에게 있는 것만을 바란다면? 지금 당신에게 있는 것이 무엇이든 간에 당신에게 꼭 들어맞는 것이라고 생각한다면 행복할까, 불행할까? 어떤 것도 바꾸고 싶지 않다고 느낀다면? 상상력을 발휘해서, 그렇게 생각할 때 어떤 결과가 일어날지 상상해 보라.

지금 이 순간에 당신이 가진 것만을 바랄 때 어떤 기분일지 느껴보는 기회를 마련하라. 그리고 그 기분에 푹 잠겨보라. 온몸이 편안해지는 기분이지 않은가!

3장

자신에게 정직하라

Are You
Happy Now ?

힘들고 불행한 세 번째 이유는
자신에게 정직하지 못하기 때문이다

　지금 이 순간은 물론이고, 앞으로도 언제나 당신에게 가장 가까운 사람은 당신 자신이라는 말이 이해되는가? 당신을 영원히 떠나지 않을 사람이 하나 있다면 그건 바로 당신 자신이다. 세상 누구도 당신보다 당신에게 가까워질 수 있는 사람은 없다. 그럼에도 자신에게 한 걸음이라도 가까이 가려고 시간을 투자한 적이 있는가? 그런 사람은 많지 않을 것이다. 이상하게 들리겠지만, 자신에게 가까이 다가가서 마음이 편해지는 사람은 거의 없기 때문이다.

　왜 그럴까? 왜 우리는 내면을 들여다보기를 두려워하는 걸까? 왜 우리는 진정한 자아를 만나서 우리가 정말로 무엇을 원하는지 알아보는 걸 어려워하는 걸까? 다른 사람에 대한 우리 느낌을 구구절절 변명하려는 이유는 무엇일까? 자기의 진실된 모습을 스스로 인정하기를 그토록 꺼리는 이유는 무엇일까? 우리가 정말로 어떤 사람이고, 정말로 무엇을 좋아하는지 속속들이 안다면 우리 자신을 위해서 좋을 텐데, 우리는 그렇게 하지 못한다.

내면을 들여다보기

자신이 어떤 사람인지도 모르면서 행복한 삶을 살 수는 없다. 당신은 지금 행복한가? 행복하다면 나는 당신에게 "누구를 위한 행복한 삶이냐?"라고 묻고 싶다. 당신 자신이 어떤 사람인지도 모르면서 어떻게 행복한 삶을 산다고 자신 있게 말할 수 있는가? 물론 남편을 위해서 행복하게 산다고 대답할 사람이 있을 것이다. 또 부인을 위해서, 자식을 위해서, 부모를 위해서 행복한 삶을 산다고 대답할 사람도 있을 것이다. 당신은 어떠한가? 당신은 누구를 위해 행복하게 사는가? 당신을 위한 행복한 삶인가, 아니면 다른 사람을 위한 행복한 삶인가? 당신 자신이 어떤 사람인지도 모르면서 어떻게 당신 자신을 존중할 수 있으며, 자신을 위한 선택을 할 수 있다는 말인가! 자신에게 정말로 옳은 길이 무엇인지 차분히 생각할 시간이 없었다면 자신을 위한 선택을 했다고 말할 수 없다. 당신에게 편안한 마음을 안겨주는 게 무엇인지 모른다면 당신 자신을 존중한다고 말할 수 없다.

내가 누구인지 알아야 나 자신을 존중할 수 있다.

내가 누구인지 알아야 나를 위한 선택을 할 수 있다.

내가 누구인지 알아야 한계를 설정할 수 있다.

그러나 내가 누구인지 알려면 다음과 같은 기본적인 질문에 정직하게 대답할 수 있어야 한다.

- 정말로 좋아하는 것이 무엇인가? 의무적으로 좋아해야만 한다고 생각하거나, 다른 사람들이 당신에게 좋아하라고 강요하는 것을 묻는 질문이 아니다.
- 당신의 마음에 드는 것은 무엇인가?
- 당신의 마음에 들지 않는 것은 무엇인가?
- 언제 마음이 편안해지는가?
- 언제 마음이 거북해지는가?
- 당신이 받아들일 수 없는 것은 무엇인가?
- 당신의 한계는 어디까지인가?

위의 질문에 정직하게 대답하려면 내면으로 들어가 정직하고 겸손하게 생각해 봐야 한다. 차분하게 앉아서 정직하게 대답해 보라.

오로지 자신의 입장에서 대답해 보라. 다른 사람은 고려하지 마라. 아내나 남편, 친구, 자식과 부모까지 다 잊고 당신만의 입장에서 대답해 보라.

나의 현재 위치

위의 질문에 정직하게 대답하고 싶다면, 당신이 현재 위치에 있는 이유를 누구에게도 변명할 필요가 없다는 사실부터 깨달아야 한다. 어떤 변명을 하더라도 당신은 현재 위치에 있는 자신에게서 벗어나지 못한다. 누구에게도 당신 입장을 변명하거나 정당화시킬 필요가 없다. 따라서 지금의 당신을 있는 그대로 받아들여야 한다. 지금의 당신이 옳다거나 잘못됐다고 판단할 근거는 없다는 뜻이다. 우리가 살아가는 이 세상에는 인과법칙이 끊임없이 작동한다. 당신이 어떤 사람이든 당신의 모든 행동에는 결과가 따른다. 그러나 우리에게는 최선이라 여겨지는 방향으로 생각하고 행동할 권리가 있으며, 그에 따른 결과를 받아들일 권리도 있다. 여기에는 어떤 예외도 없다. 요컨대 누구나 언젠가는 선택의 결과를 멍에처럼 짊어져야만 한다. 우리가 선택의 결과를 몸소 경험하지 않는다면, 우리 자신이 정말로 어떤 사람인지 어떻게 깨달을 수 있겠는가?

나 자신이 최고의 친구다

행복한 삶을 살기 위한 비결 중 하나는 자신에게 최고의 친구가 되는 것이다. 최고의 친구는 우리의 진정한 모습을 찾아내고, 그런 우리를 무조건 사랑하고 지지해 준다.

자신에게 최고의 친구가 된다는 것은 자신과 솔직하게 대화한다는 뜻이다. 내가 누구인지 알고, 나 자신이나 다른 사람에게 꾸미지 않는다는 뜻이다. 자신에게 최고의 친구가 된다는 것은 자신을 사랑하고 자신을 돌본다는 뜻이다. 자신을 찬찬히 살펴보고, 자신의 강점과 약점을 인정한다는 뜻이기도 하다. 또한 지금 그대로의 모습을 존중하고, 어떤 상황에서나 자신에게 올바른 방향이 무엇인지 정직하게 따져본다는 뜻이다. 물론 다른 사람을 돕고자 할 때도 자신의 한계를 냉정하게 설정할 수 있다는 뜻이다.

예컨대, '이 상황에서 내가 제안하는 것이 내 능력과 수준에 맞는 것일까? 나를 존중하고 배려하는 동시에, 관련된 다른 사람들과 상황까지도 존중하고 배려한 것일까?' 라는 의문을 제기하고, 그 답을 끌어낼 수 있어야 한다. 자신에게 최고의 친구가 된다는 것은 오늘만이 아니라 내일까지도 성실한 자세를 유지하고 편안한 마음으로 능력을 최대한 발휘할 수 있도록, 지금 이 순간에 가장 적절한 선택이 무엇인지 자신에게 묻는다는 뜻이다. 이런 정의는 많은 사람에게

까다로운 요구일 수 있다. 특히 '피플 플레저'(People Pleaser, 나보다도 남을 기쁘게 해주기 위해 무리하여 노력하는 사람)에게는 더욱 그렇게 느껴질 것이다. 그러나 자신에게 최고의 친구가 되기 위해서는 '노!'라고 말하면서도 죄책감을 느끼지 않아야 한다. 또 남의 부탁을 거절하면서도 그런 선택을 변명하거나 합리화시켜야 한다는 강박관념에서 벗어나야 한다.

결국, 당신의 선택이다

지금 우리가 뭔가를 하고 있다면 그건 우리가 선택한 결과일 뿐, 더도 덜도 아니다. 자신을 위해 뭔가를 선택할 권리에 대해 누구도 의문을 제기할 권리가 없다. 물론 우리에게도 다른 사람의 길을 결정할 권리가 없다. 자신에게 어떤 길이 최선인지는 자신만이 안다. 우리가 선택한 길을 구구절절 남들에게 설명해야 할 이유도 없다. 주변 사람이 선의로 우리에게 다른 길을 선택하라고 설득하더라도 원칙은 달라지지 않기 때문이다. 우리가 어떤 길을 선택한 이유를 설명해 보려 해도 지금 이 순간에는 그 이유를 모를 수도 있다. 피상적으로 대답할 수는 있겠지만, 당신이 지금과 같은 사람이 된 이유를 정말로 안다고 자신할 수 있는가? 예컨대 당신이 아침에 커피를 마시는 이유를 아는가? 또 당신이 똑바로 누워 자지 않고 엎드려 자는 이유를 정확히 아는가? 당신이 아침보다 저녁을 좋아하는 이유에 대해서 알고 있나? 해변가에서 누워 지내는 것보다 등산하길 좋아하는 이유는? 남편은 늦잠 자기를 좋아하는데 당신은 아침에 일찍 일어나는 사람이라면 그 이유를 뭐라고 설명할까? 당신이 이런 습관을 갖게 된 이유를 누가 설명할 수 있겠는가? 이는 우리 모두에게 똑같이 적용되는 문제다. 결국 우리가 현재의 상황에 이르게 된 이유를 대답하기는 쉽지 않다. 현재는 지금 이 순간일 뿐이다. 고통과 번민은 현재의 상황에 반발하며 저항하는 데서 시작된다.

따라서 우리를 편안하게 해주는 것을 찾아내서 공경하자.

우리를 짜증나게 하는 것을 찾아내서 해결하자.

우리를 신나게 해주는 것을 찾아내서 목표로 삼자.

자신과 솔직하게 대화하기

내가 나 자신에게 솔직하지 못하기 때문에 다른 사람과 대화하는 데도 어려움을 느낀다는 사실을 깨닫고 나는 놀라지 않을 수 없었다. 하기야 내면을 들여다보고 무엇이 내게 만족스럽고 무엇이 그렇지 않은지 정확히 모르는데, 어떻게 남들과 원만한 대화를 할 수 있었겠는가. 이런 사실을 깨닫자, 내 앞을 가리고 있던 장막이 걷히는 듯했다. 내 문제를 완전히 새로운 관점에서 바라볼 수 있었고, 그 결과 나 자신만이 아니라 다른 사람들과도 한결 솔직하게 대화를 나눌 수 있었다.

그 과정에서 내가 터득한 몇 가지 교훈이 있다. 무엇보다 내가 지독한 '피플 플레저'이고 갈등을 몹시 두려워한다는 사실을 깨달았다. 이런 습관 때문에 내가 내면을 들여다보고 나 자신에게 정직하기가 무척 어려웠던 것이다. 내 감정을 냉정하게 파악해서 솔직하게 인정하면 위험할 것만 같았다. 내가 취하는 방향과 원하는 것이 갈등과 다툼으로 발전한다면? 남들이 나를 받아들여주지 않는다면? 내 행동에 남들이 불만을 터뜨린다면? 내 행동을 그들이 못마땅하게 생각한다면? 그들이 반발하면 어떻게 하지? 내가 원하는 방향이 틀렸다면? 이런 걱정을 떨칠 수 없었다. 이런 걱정을 하나씩 조사한 끝에 나는 다음과 같은 결론에 이르렀다.

- '피플 플레저'가 되는 이유
- 다른 사람에게 사랑과 동의를 구하기 때문이다.
- 다른 사람이 원하는 방향대로 행동해야 친절하고 자상한 사람이 될 수 있다고 믿기 때문이다.

- 반대와 갈등을 두려워하는 이유
- 다투지 않으려면 의견이 똑같아야 한다고 믿기 때문이다.
- 갈등은 나쁘고 위험하다고 믿기 때문이다. 확고한 태도와 공격적인 태도의 차이를 이해하지 못한 결과이다.
- '의무'를 너무 많이 갖는 이유
- 행동의 원인과 결과를 철저히 조사하지 않은 탓이다.
- 다른 사람이 근거 없이 결정한 행동 원칙을 비판 없이 따르기 때문이다.

이런 공통된 문제들을 좀더 자세히 살펴보기로 하자.

피플 플레저

피플 플레저는 어떤 희생을 치르더라도 다른 사람을 즐겁게 해주려 한다. 말이나 행동으로 다른 사람의 감정을 상하게 할까 두려워한다. 자신의 욕구를 희생시키고 원하지 않은 일을 하면서까지 다른 사람의 사랑과 동의에 필사적으로 매달리기 때문에 그 삶은 악몽처럼 변하기 쉽다. 다른 사람의 동의를 구하는 삶은 불행으로 가는 지름길이다. 왜 그럴까? 우리가 어떤 일을 하더라도 반대하고 못마땅해하는 사람이 있게 마련이다. 세상의 원리가 그렇다. 사람들은 대부분의 경우에 상대의 의견을 곧이곧대로 받아들이지 않는다. 따라서 우리가 어떤 일을 하더라도 누군가 우리 생각과 행동에 반대할 가능성이 크다.

이런 현실에서 우리의 좋은 의도는 어떤 처지에 빠질까? 남들이 원하는 방향으로 지레짐작해 행동하면서 욕구를 억누르면, 얻는 것은 스트레스밖에 없다. 남의 비위를 맞추려고 안달하며 살다 보면 결국 우리 자신을 부정해야 하기 때문에 불안하고 불행해질 수밖에 없다. 요컨대 다른 사람의 비위를 맞추려는 조바심은 세상에서 스트레스가 가장 심한 강박관념일지도 모른다. 질 것이 뻔한 싸움을 하는 셈이니까!

다른 사람의 동의를 구하는 삶은
불행으로 가는 지름길이다.

자상하고 친절한 사람

'자상하고 친절한 사람이 되고 싶은 것일 뿐!'이라는 반박이 나올 수도 있다. 자상하고 친절하다는 게 무슨 뜻일까? 자상하고 친절한 사람은 현관 매트처럼 아무리 짓밟혀도 묵묵히 있어야 한다는 뜻일까? 자상하고 친절한 사람은 자기가 생각하기에 옳은 일을 포기하고, 또 자신을 존중하지 않으면서 남의 비위를 맞춰야 한다는 뜻일까? 자상하고 친절한 사람은, 분명히 잘못된 것이라 확신하고 마땅찮게 여겨지더라도, 결국 자신의 마음을 속이면서까지 남의 의견에 동의해 줘야 한다는 뜻일까? 또 미심쩍을 때도 시간을 좀더 갖고 연구해 보자고 요구해서는 안 된다는 뜻일까? 다른 사람이 다른 의견을 제시했기 때문에 당신의 직관을 따르지 말아야 한다는 뜻일까?

자상하고 친절해야 한다는 강박관념은 우리를 혼란에 빠뜨리고, 자신과의 솔직한 대화를 방해하는, 즉 자신이 꾸며낸 멋진 이야기에 불과하다. 그런데도 명쾌하고 솔직하게 처신하고, 흉금을 터놓고 말하면 그다지 자상하고 친절한 것이 아니라고 말할 수 있겠는가!

반대가 두렵다

명쾌하고 솔직한 대화를 가로막는 또 하나의 큰 장애물은 '좋은 게 좋은 것'이라는 믿음이다. 좋은 게 좋은 것이라는 믿음, 즉 서로 의견이 같아야 한다는 생각은 듣기에는 그럴 듯하지만, 현실에서는 의견이 각각 다를 수밖에 없다. 만장일치란 사실상 존재하기 어렵다. 거듭 말하지만, 우리는 여기서 옳고 그름을 따지자는 게 아니다. 현실이 그렇다는 것이다. 현실을 부정하며 억지를 부리면 불행해질 수밖에 없다. 생각의 차이도 마찬가지다. 사람들은 서로 의견이 다르게 마련이다. 일을 하는 방법도 서로 다르다. 목표와 꿈, 희망과 소원, 좋아하는 것과 싫어하는 것도 다르다. 관심사도 사람마다 다르다. 눈보라를 좋아하는 사람이 있는 반면에 따뜻한 날씨를 좋아하는 사람이 있다. 또 어떤 사람은 번잡한 주말에 사람들과 부대끼면서 쇼핑하고 저녁 식사를 하는 데서 궁극적 즐거움을 찾지만, 반대로 조용한 자연으로 피정을 떠나거나 명상 센터 같은 곳에서 궁극적 즐거움을 찾는 사람도 있다. 이런 차이도 부인할 수 없는 현실이다. 따라서 모든 사람에게 동의를 얻겠다는 욕심은 애초부터 실현 불가능하다. 당연히 가슴앓이와 실패를 자초하는 길이다.

왜 우리는 의견 충돌을 두려워하는 걸까? 왜 우리는 불가능한 것을 바라는 걸까? 그것은 주변 사람들로부터 사랑과 인정받기를 바라기 때문이다. 동의와 인정이 우리를 좋아하고 사랑하는 것이라는 뜻으로 해석하는 습관에서도 의견 충돌을 두려워하는 이유가 조금은 찾아진다. 우리는 누군가를 사랑하면 그 사람의 뜻에 따라야 한다고 생각한다. 또 반대로 우리를 진정으로 사랑하는 사람이라면 우리 뜻에 따라야 한다고도 생각한다. 그러나 이런 등식이 정말로 성립될까?

당신이 사랑하는 사람들을 생각해 보자. 당신은 그들 중 몇 사람과 의견이 같고, 또 그들 중 몇 사람이 당신과 의견이 같은가? '당신은 내 의견에 찬성하고 나는 당신 의견에 찬성하는 것이 사랑' 이라 정의한다면 당신은 어디에서도 사랑을 찾지 못할 것이다!

동의와 사랑은 별개!

행복한 삶을 살고 싶다면 상대의 뜻에 찬성하는 것과 사랑을 혼동하지 마라. 동의와 사랑은 별개의 것이다. 정신을 바싹 차리고 이 둘을 구분할 수 있어야 한다.

사랑하는 사람끼리는 모든 면에서 의견이 같아야 한다는 허황된 이야기는 당장 잊어라. 누군가를 사랑하는 것과 그 사람의 의견에 찬성하는 것은 완전히 다른 이야기이다. 쓸데없는 가슴앓이를 원하지 않는다면, 누군가와 뜻을 달리한다는 게 곧 그 사람을 사랑하지 않는 거라는 허황된 믿음을 던져버려라. 그런 믿음은 전혀 진실이 아니다. 거꾸로 누군가가 당신과 의견을 달리한다고 해서 그 사람이 당신을 사랑하지 않는 거라는 생각도 버려라. 그런 생각도 편견일 뿐 사실이 아니다. 주변 사람이 당신을 사랑하든 않든 간에 동의와 사랑을 등식화시키면 스트레스만 쌓일 뿐이다. 자기 자신이나 타인들과 솔직하게 대화하기 힘들어진다. 솔직한 생각을 말했는데 상대가 반대 의견을 말할 경우, '사랑이란 다른 사람의 생각에 동의하는 데서 출발한다'고 믿는다면 약간의 의견 충돌만으로도 사랑은 끝났다고 여길 것이기 때문이다. 따라서 동의와 사랑의 등식화는 끔찍한 악몽이 아닐 수 없다.

의견 충돌이 위험한 것일까?

우리는 의견 충돌이 위험하다고 생각하기 때문에 의견 충돌을 두려워한다. 의견 충돌이 자칫하면 갈등과 물리적 폭력으로 이어질 수 있어서 두려워하는 것도 같다. 그럴 가능성이 전혀 없다고는 말할 수 없지만 정말 그럴까?

특수한 상황에서는 의견 충돌이 우리 목숨에 위험할 수 있다. 그러므로 우리가 처한 상황을 정확히 판단할 수 있어야 한다. 그래야 폭력적으로 변질될 가능성이 있는 상황에서 우리 자신을 보호할 수 있다. 누구도 당신의 머리에 총을 겨누며 돈을 요구하는 강도에게 대들라고 말하지는 않는다. 그런 상황에 처하면 꾸물대지 말고 강도가 원하는 대로 돈을 건네는 게 현명하다.

여기에서는 입을 다물어야 할 극단적인 상황을 다루는 것이 아니다. 어떤 일에 있어 다른 생각을 가진 사람들 간에 주고받는 일상적인, 극히 보편적인 대화를 다루는 것이다. 이런 상황에서도 의견 충돌이나 갈등을 두려워한다면 부적절한 반응이 아닐 수 없다.

이런 일상적이고 보편적인 상황에서는 우리가 의견 충돌을 두려워할 이유가 뭔지 냉정하게 돌아봐야 한다. 의견 충돌이 정말로 우리 삶을 위협하는 것일까? 오히려 우리가 모든 문제에서 의견의 일치를 봐야만 한다는 잘못된 믿음에 사로잡혀 있는 것은 아닐까? 솔직하고 명쾌하게 대화하는 능력을 향상시키고 싶다면 이런 의문을 철저하게 되짚어봐야 한다.

의견 충돌이 위험한 때와 그렇지 않은 때를 먼저 구분해 보자. 대부분의 경우가 위험하지 않지만, 아무튼 위험하지 않다고 판단되는 경우, 온화하면서도 단호하게 반대 의견을 제시하는 법을 훈련하면서 의견 충돌이 우리의 안녕을 위협하지 않음을 인식할 수 있다.

자신을 존중하기

우리 자신을 안전하게 지키면서 행복한 삶을 살기 위해서는, 적절한 방법으로 반론을 제기하는 기술을 익혀야 한다. 그럼 어디에서부터 시작해야 할까?

누구에게나 원하는 것을 원하고, 하고 싶은 것을 할 권리가 있다는 사실부터 깨달아야 한다. 그러나 진정으로 원하는 것이 무엇인지 알아내려면 먼저 자신과 솔직하게 대화할 수 있어야 한다. 자신과 솔직하게 대화하려면, 거의 무의식적으로 반응하는 껍데기를 걷어내고, 자신과 솔직하게 대화하지 못하도록 방해하는 근거 없는 믿음들을 떨쳐내야 한다. 당신이 지금까지 피플 플레저로 살아왔다면 상당히 힘든 과제일 수 있다.

누구에게나 원하는 것을 원하고,
하고 싶은 것을 할 권리가 있다.
그러나 그 결과까지 순순히 받아들여야 한다.

'자신을 존중하라'는 개념을 많은 사람이 잘못 생각하고 있다. 안타깝게도 우리는 다른 사람이 우리를 존중하고 돌봐주기를 바란다. 이는 무조건적인 믿음이다. 남편이나 남자 친구가 당신을 알아주고 존중해 주기를 바랄 수 있다. 또 부모의 보살핌과 자식들의 존경과 부양을 원할 수도 있다. 아주 흔한 이야기이다. 우리가 수시로 듣는 이야기이기도 하다. 한마디로, 다른 사람들이 자신을 존중해 주기를 기대하는 사람들이다.

그러나 이런 바람을 곰곰이 뜯어보면 흥미로운 점이 발견된다. 첫째, 다른 사람이 어떻게 당신을 존중하고 돌봐줄 수 있을까? 둘째, 왜 그들은 당신을 존중하고 돌봐줘야 할까? 물론 그들이 당신을 사랑하기 때문에 당신을 존중하고 돌봐줘야 한다고 대답할 것이다. 하지만 우리를 사랑한다고 해서 우리가 뭘 원하는지 반드시 안다고 할 수 있을까? 사랑하면 텔레파시 능력이 저절로 생길까? 또 우리를 사랑하기 때문에 우리를 반드시 돌보고 존중해야 할까? 우리를 사랑하는 사람은 자동적으로 우리 욕구를 알아야 하고, 우리를 존중해야 한다는 말이 논리적일까? 그런 식으로 말하는 보편 법칙이 있을까?

우리가 다른 사람, 특히 사랑하는 사람에게 터무니없는 기대감을 갖기 때문에 많은 문제가 생기는 듯하다. 우리는 그들에게 우리를 사랑하고 이해하며, 우리 욕구까지 알아주길 기대한다. 게다가 돌봐주고 존중해 주기도 바란다. 그야말로 뒤죽박죽이다. 우리가 서로 화목하게 지내기 힘든 것이 당연하다.

여자에게는 일하는 게 허락되지 않고 남자가 부인과 자식을 부양해야 하는 사회적 규범이 지배하던 과거 시절을 말하는 게 아니다.

바로 현대를 살아가는 우리 사회의 이야기다. 남녀 모두가 교육의 기회를 누리고, 남녀 모두가 일할 권리를 갖는 요즘 사회에서도 이런 믿음이 팽배하다는 뜻이다.

내가 원하는 게 뭔지 몰라!

우리를 사랑한다는 사람이 우리 욕구를 몰라주고, 우리가 원하는 만큼 존중하고 돌봐주지 않기 때문에 우리는 실망하고 불만을 터뜨린다. 하지만 다른 사람은 우리 욕구를 모를 뿐 아니라, 우리와 아주 가까운 관계를 맺고 있어도 우리를 돌봐주겠다고 맹세하지 않는다. 이 때문에 우리는 당혹스러워한다. 이를테면 '그는 나를 이해해야만 해. 내가 뭘 좋아하는지 알아야 한다고. 내가 이걸 원했는지 저걸 원했는지 알았어야 한다고!', '그녀는 나를 위해서라도 그 자리에 있었어야 해. 나를 돕고, 나를 기다렸어야 한다고!' 라는 식으로 생각한다. 그러나 다른 사람이 당신을 위해 꼭 그래야 할 의무가 있는가? 현실은 그렇지 않다. 당신을 사랑한다는 이유로 상대가 당신의 뜻대로 무조건 움직이지는 않는다. 당신도 다를 바가 없다. 모든 일은 쌍방향으로 흘러간다는 점을 기억해야 한다. 달리 말하면, 우리가 어떤 식으로 케이크를 자르더라도 그 결과는 우리에게 되돌아온다.

다른 사람이 우리를 대신해서 뭔가를 해주리라는 생각은 불행으로 가는 지름길이다.

당신은 누구를 믿고 의지하는가?

그럼 우리는 누구를 믿고 의지해야 할까? 우리가 완전히 믿고 의지할 수 있는 사람은 우리 자신뿐이다. 내가 인간관계 문제로 치료를 받을 때, 의사는 내게 "그 사람도 의지할 수 없으니 이제 믿고 의지할 사람이 당신밖에 남지 않았군요!"라고 말했다. 그때 나는 번개를 맞은 듯한 기분이었다. 하지만 그 말이 사실이었다. 나를 믿지 않으면서 누구를 믿고 의지할 수 있겠는가? 나를 제외하고 누가 내 욕구를 정확히 알고 존중해 줄 수 있겠는가? 그 의사의 말은 내게 새로운 삶을 향한 큰 전환점이었다. 다른 사람이 나를 이해해 주고 존중해 주기를 기대했기 때문에 가슴앓이를 피할 수 없었던 것이다. 현실 세계에서는 누구도 나를 이해하고 존중해 주지 않았다. 전에도 그랬고 앞으로도 마찬가지일 것 같았다. 상대가 나를 사랑한다고 해서 그에게 내 욕구를 이해하고 존중해 달라고 강요할 수는 없었다. 그에게 그렇게 해달라고 강요할 권리는 없었다. 또 나는 그를 이해하고, 그의 욕구를 존중해 주었던가? 음악 전문 케이블 텔레비전에서 아침부터 저녁까지 틀어대는 '식지 않는 사랑'의 노래와 현실은 달랐다. 나는 현실을 직시하지 못했다. 결국 나를 책임지고 내 욕구를 존중해 줄 사람은 나밖에 없다는 사실을 깨닫지 못한 채 상대가 내 일을 대신해 주길 바랐던 셈이었다. 당연히 나는 불행할 수밖에 없었다!

바로 당신의 일!

결국, 당신을 돌봐줄 사람은 당신 자신이다! 먼저 자신에게 솔직해지자. 그래야 당신이 어떤 사람이고, 무엇이 옳은 선택인지 알아낼 수 있다. 당신이 진정으로 원하는 게 뭔지도 찾아낼 수 있다. 또 당신 자신을 존중하고, 당신의 욕구도 존중해야 한다. 당신이 자신을 존중해야 다른 사람도 당신을 존중한다. 당신을 좋아하지는 않더라도 존중할 수는 있다. 세상의 법칙이 그렇다. 당신이 스스로 어떤 사람이고 한계가 무엇인지 알고 행동한다면, 그 때문에라도 다른 사람이 당신을 존경하고 존중한다. 당신에게 적합한 것과 그렇지 못한 것을 알 때, 지금 이 순간에 충실해서 주변 사람과 명쾌하고 솔직하게 대화할 수 있다. 당신이 기꺼이 받아들일 수 있는 것과 그렇지 못한 것을 알 때 상황에 대처하기가 훨씬 쉬워진다. 당신의 입장이 분명해서 그 기준에 따라 행동할 수 있기 때문이다.

자신과 솔직하게 대화할 수 있어야 한다.

자신을 알고 존중해야 한다.

그래야 모든 것이 한결 편해지고, 행복한 삶을 살아갈 수 있다.

당신이 정말로 어떤 사람인지 알아내서 당신의 진정한 위치를 편하게 받아들이면, 지금의 당신을 변명하고 합리화 해야 한다는 부담감에서 벗어날 수 있다. 현재의 당신을 편한 마음으로 인정할 때 삶도 편안해진다. 또 상황이 지금과 같은 상태가 된 이유를 완벽하게 알 수 없으며, 앞으로도 그럴 거라는 사실을 한결 편한 마음으로 받아들일 수 있다.

당신은 당신일 뿐이다. 그에 따른 결과도 당신의 몫이다. 그 결과가 바로 당신의 라이프 스토리다.

다른 사람과 솔직하게 대화하기

다른 사람과 솔직하게 대화하려면 무엇이 필요할까?

앞에서도 말했지만, 자신이 어떤 사람인지 먼저 알아야 한다. 그러나 다른 사람과 솔직하게 대화를 끌어가려면 자신을 아는 것만으로는 충분하지 않다. 다른 사람과의 대화에는 기술이 필요하다. 그 기술은 타고나는 게 아니다! 물론 타고난 달변가가 있기는 하지만 대부분의 사람은 그렇지 못하다. 타고난 달변가가 아니어도 실망할 것은 없다. 정직하고 허심탄회하게 말하는 기술은 얼마든지 배워서 익힐 수 있다. 여기서는 단호함(assertiveness)이 관건이다.

단호한 주장

단호하다는 말은 무슨 뜻일까? 단호함은 자신의 생각을 표현하고, 상대의 권리를 침해하지 않으며 자신의 권리를 방어하는 능력이다. 단호한 태도는 적절하면서도 직접적이고 숨기지 않는 커뮤니케이션 방법이다.

단호한 태도는 공격적인 태도와 다르다. 단호한 주장을 공격적이라 생각하는 사람이 적지 않지만, 이런 생각은 잘못된 것이다. 공격적인 태도는 남을 짓밟으면서 자신을 높이는 태도다. 그러나 단호한 주장은 그렇지 않다. 자신을 존중하면서도 다른 사람의 권리를 침해하지 않는 힘 있는 태도다. 안타깝게도 많은 사람이 솔직하고 숨김 없는 말투를 공격적이고 성난 태도와 혼동한다. 이 때문에 우리는 자신의 느낌을 솔직하게 말하기를 두려워한다. 나 자신도 상당히 오랫동안 그랬다.

나는 단호한 태도의 진정한 의미를 이해하고 나서야, 단호한 태도가 나 자신을 존중하는 동시에 다른 사람과 솔직하고 분명하게 대화하는 지름길이라는 사실을 깨달았다. 또 단호하게 말하는 방법을 터득하면 불화를 일으키지 않고도 갈등과 의견 충돌을 해결할 수 있다는 사실도 더불어 깨달았다. 단호한 태도는 화를 내거나 공격적이지 않으면서도 내 권리를 확고하게 지키는 방법이다.

단호한 태도와 공격적인 태도 및 소극적인 태도의 차이를 설명하기 위해서 나는 다음과 같은 표를 만들어보았다.

소극적 태도	단호한 태도	공격적 태도
회피	균형점	다툼
도피	강한 힘	공격
순종	활력 유지	지배
자기 영역의 축소	자신의 문제에 몰입	타인의 영역을 침범
자신을 비판	자존	타인을 비판
자책	자신의 권리를 지킴	타인을 모욕
자신을 책망	독립	타인을 책망

위의 표에서 보듯, 소극적 태도와 공격적 태도의 양 극단 사이에

는 균형점이 있다. 그 균형점이 바로 단호한 태도다. 단호할 때 우리는 문제에 충실하면서 우리 자신과 권리를 지킬 수 있다. 소극적일 때는 문제를 회피하며 자신을 잘못된 방향으로 몰아간다. 반면에 공격적일 때는 남을 비판하며 잘못을 남의 탓으로 돌린다. 두 극단, 즉 소극적 태도와 공격적 태도는 전형적인 '때리거나 도망간다'는 반응과 다를 바가 없다. 그러나 단호한 태도는 중용(中庸)이다. 달리 말하면, 극단에 치우치지 않고 상황을 해결하면서 자신의 입장을 굳건히 지키는 태도다.

단호할 권리

마누엘 스미스(Manuel Smith)의 《노라고 말할 때마다 죄책감을 느낀다(When I Say No, I Feel Guilty)》를 읽고 나는 처음으로 '단호함'이라는 개념을 깨달았다. 이 책에서 스미스는 단호함의 개념을 자세하게 설명하며, 우리가 자신의 의견을 분명하게 표현하지 못하고 자신을 존중하지 못하는 잘못된 믿음을 하나씩 드러냈다.

또 이 책에서 스미스는 10가지의 '단호할 권리'를 제시했다. 많은 깨달음을 주기 때문에 그 10가지 권리를 여기에 인용해 보려 한다.

단호할 권리

1. 우리에게는 자신의 행동과 생각과 감정을 판단하고, 그 시작과 결과가 자신에게 미치는 영향에 대해 스스로 책임질 권리가 있다.
2. 우리에게는 우리의 행동이 옳다는 것을 굳이 설명하거나 변명하지 않을 권리가 있다.
3. 우리에게는 다른 사람의 문제를 해결할 방법을 찾아내야 할 책임 여부를 판단할 권리가 있다.
4. 우리에게는 생각을 바꿀 권리가 있다.
5. 우리에게는 실수를 범할 권리가 있다. 또 그 실수에 대해 책임질 권리도 있다.
6. 우리에게는 "모르겠다"고 말할 권리가 있다.
7. 우리에게는 다른 사람의 선의에 좌우되지 않고 그 선의를 거부할 권리가 있다.
8. 우리에게는 의사를 불합리하게 결정할 권리가 있다.
9. 우리에게는 "이해되지 않는"이라고 말할 권리가 있다.
10. 우리에게는 "나와는 상관없다"고 말할 권리가 있다.

요컨대 우리에게는 죄책감을 느끼지 않으면서 "노!"라고 말할 권리가 있다.

자신의 생각을 단호하게 표현하기

단호하게 의견 표현하는 데 있어 미리 알아둬야 할 서너 가지 중요한 요령이 있다. 분명히 말하지만, 단호하게 말하는 법을 터득하려면 연습과 훈련이 필요하다. 연습하고 또 연습하라!

먼저, 다른 사람과 의견 충돌이 일어날 때는 당신의 입장과 관점을 가능한 한 분명히 밝혀라. 이때 당황해서는 안 된다. 온화하되 결연해야 한다. 상대가 결국 당신 입장을 받아들일 거라고 기대하지는 마라. 단호하다고 해서 논쟁에서 이긴다거나, 당신 생각이 옳다는 뜻은 아니다. 단호하다는 것은 당신의 생각을 스스로 존중하고 솔직하게 표현한다는 뜻이다. 승패의 문제와는 거리가 멀다. 따라서 당신 입장을 분명히 밝히고, 상대의 말을 경청할 수 있어야 한다. 당신의 의견을 말할 때 상대가 당신의 의견을 받아들일 거라고 기대하지 마라. 상대가 완강히 버틸 가능성이 크다. 또 상대가 자신의 의견을 주장하더라도 겁먹지 말고 당신의 의견을 다시 말할 수 있어야 한다. 차분하되 결연하게!

그리고 상대가 당신의 생각에 수긍하지 않더라도 그를 공격하거나 비난해서는 안 된다. 당신의 입장을 견지하면서 당신 의견을 거듭해서 제시하라. 결국, 당면한 문제에 대한 당신의 생각과 감정은 당신이 책임질 몫이고, 상대의 생각과 감정은 상대가 책임질 몫이다! 누구에게나 자신의 감정과 의견을 표현할 권리가 있다. 또한 당신이 그런 생각을 갖고 그런 철학과 믿음을 갖는 이유를 구차하게 변명하고 설명할 필요도 없다. 당신에게는 당신답게 처신할 권리가 있다는 사실을 명심하라.

대부분의 의견 충돌에서는 타협점을 찾는 게 가능하다. 달리 말하면, 양측 모두가 받아들이는 해결책이 있다. 따라서 의견 충돌은 옳고 그름의 문제나, 승패의 문제가 아니다. 당면한 문제를 양측 모두가 만족할 수 있는 방법으로 해결책을 모색하는 과정이다.

의견 충돌이 있을 때, 상대에게 당신이 그의 말을 열심히 듣고 감정까지 헤아리고 있다는 걸 보여주는 것도 중요하다. 상대가 당신의 뜻에 따르지 않는다고 해서 그를 틀렸다고 비난할 필요는 없다. 또 당신이 틀렸을 거라고 자책할 필요도 없다. 상대의 의견과 감정도 인정해 주어야 한다. 이런 태도가 공손하면서도 단호한 태도다.

끝으로, 타협을 이루겠다며 상대의 의견에 일방적으로 따를 필요가 없다는 사실도 명심하라. 양측이 서로의 입장을 이해하면, 모두가 받아들일 수 있는 해결책을 찾아내기가 한결 쉬워진다.

반드시 기억해야 할 요점을 정리해 보자.

- 당신 입장을 가능한 한 분명히 밝혀라.
- 공손하되 결연한 태도를 견지하라.
- 상대가 당신의 의견을 받아들일 거라고 기대하지 마라.
- 상대의 의견을 경청하라.
- 두려워 말고 당신 의견을 거듭해서 주장하라. 공손하되 결연하게.
- 상대를 공격하거나 비난하지 마라.
- 당신의 입장에 충실하라.
- 당면한 문제에 대한 당신의 생각과 감정은 당신이 책임질 몫이다.
- 당면한 문제에 대한 상대의 생각과 감정은 상대가 책임질 몫이다.
- 당신의 선택과 의견 등을 구차하게 변명하거나 설명할 필요가 없다.
- 상대에게 당신이 그의 말을 열심히 듣고 감정까지 헤아리고 있다는 걸 보여주라.
- 상대가 당신의 뜻에 따르지 않는다고 해서 그를 틀렸다고 비난해서는 안 된다.
- 당신이 틀렸을 거라고 자책해서도 안 된다.
- 타협을 위해 상대의 의견에 일방적으로 따를 필요가 없다는 걸 명심하라.

어떤 식으로 말해야 할까?

토론을 이끌어갈 때 당신의 권리를 지키고 당신의 생각과 의견을 유지하면서도 상대의 입장을 인정하는 좋은 방법이 있다. 예컨대 다음과 같은 식으로 말해 보라.

- 당신 기분을 충분히 이해할 수 있습니다. 그런데…….
- 당신 말이 맞을지도 모릅니다. 그런데…….
- 당신 입장을 이해할 수 있습니다. 그런데…….
- 이 문제에 대한 당신 입장을 존중합니다. 그런데…….
- 당신 의견에 찬성하고 싶습니다. 하지만…….
- 당신 의견에 충분히 공감합니다. 하지만…….
- 내 입장을 고려해 주셔서 감사합니다. 하지만 내 대답은 여전히 '노'입니다.

조종받는 것은 아닐까?

상대와 솔직하게 대화하는 법은 상대를 조종(Manipulation)하는 것이 아니다. 조종이란 무엇인가? 내가 원하는 바를 솔직하게 요구하지 않고 자의적인 수단을 동원해서 상대를 내 뜻대로 움직이게 하려고 애쓰는 행위이다. 이런 식의 행위는 어디에서나 시시각각 거의 무의식적으로 행해진다. 우리는 무엇을 하는지 의식하지도 못한 채 그렇게 행동하고 말한다.

만약 당신이 누군가에게 조종받고 있다는 의심이 들면, 확실하게 판단해 볼 방법이 있다. 그가 당신의 권리를 제한하거나 침범하면서 뭔가를 지시하는가? 특히 당신에게 죄책감을 느끼게 하거나 당신 기분을 무시하면서 그가 원하는 방향으로 당신을 끌어가려 하는가? 또 옳고 그름을 판단하는 '고상한' 원칙을 제시하면서 당신도 마땅히 알아야 하는데 모른다는 식으로 말하는가? 그렇다면 그는 당신을 조종하려는 것이다.

여기에서 자의적인 규칙은 인간관계에 대해 우리가 꾸며낸 전범(典範), 즉 우리가 누군가와 인간관계를 맺고 유지할 때 '반드시' 지켜야 한다고 여기는 원칙을 뜻한다. 우리는 곧잘 상대의 자의적인 행동 규칙을 어떤 형태로든 위반하면서 갈등을 일으킨다. 우리는 서로 상대의 자의적 규칙을 알지도 못할뿐더러, 알더라도 인정하지 않을 수 있다. 따라서 우리는 각자의 믿음에 따라 행동하기 때문에, 의견 충돌이 생기면 반응보다는 그 뒤에 감춰진 믿음을 먼저 면밀하게 살펴보고, 그 점에 대해 허심탄회하게 이야기를 나눠야 한다.

사람들이 서로 상대를 조종하려고 사용하는 수법은 일일이 나열

할 수 없을 정도로 많다. 이해가 안 된다면 다음에 인용하는 이야기에서 그 뜻을 짐작해 보자.

남자 친구와의 아침 식사

금요일 저녁, 당신은 남자 친구와 외출해서 멋진 시간을 보낸다. 시내에서 친구들과 어울리고 멋진 식당에서 황홀한 저녁 식사를 하고 산책한 다음, 남자 친구의 아파트에 가서 저녁 시간을 보낸다. 다음 날 아침 일찍 기분 좋게 일어나 집에 돌아가려 한다. 남자 친구는 잠자리에서 빈둥대다가 마지못해 일어나 샤워를 하겠다고 말한다. 당신은 그에게 살짝 입맞춤하면서, 일을 하러 집에 가겠다고 말한다. 그러자 그가 자제심을 잃고 화를 내며, "가더라도 아침은 먹고 가!"라고 말한다. 당신은 그 자리에서 심하게 다툰다.

남자 친구의 원칙에 따르면, 좋은 관계이고 사랑하는 사이라면 당연히 아침 식사를 함께 해야 한다. 그것은 그가 세상을 살아온 원칙이다. 아침 식사를 함께 하지 않고 그냥 돌아가는 행동은 그에게 상처를 주는 무례한 짓이다. 따라서 그는 당신의 행동을 무척 못마땅하게 여긴다. 이제 문제는 '왜?'이다. 아침 식사를 하지 않고 떠나는 것이 왜 상대에게 상처를 주는 나쁜 짓인가? 누구의 규칙인가?

누가 그 규칙을 정했는가? 그와 데이트를 시작하면서 당신은 그 규칙을 받아들였던가?

내가 보기엔 무척 어리석은 한 쌍의 이야기이다. 그러나 어디에서나 흔히 듣는 전형적인 이야기이기도 하다. 우리도 사랑하는 사람, 즉 배우자, 부모, 자식, 친구 등과 걸핏하면 이런 식으로 다툰다. 이유는 간단하다. '세상은 이런 식이어야 한다'는 생각이 사람마다 다르고, 그 생각이 철저하게 개인적이어서 잘잘못과는 아무런 관계가 없기 때문이다. 우리는 행동의 원칙에 대해 서로 다른 기준을 갖기 때문에, 한 사람이 다른 사람의 기준을 부지불식간에 위반해서 분위기를 차갑게 만든다.

이처럼 믿음, 즉 사고방식이 곧잘 우리에게 불필요한 문제를 야기하기 때문에 우리는 이른바 '원칙'부터 살펴봐야 한다. 위의 이야기에서 당신의 남자 친구는, '사랑하는 사람끼리는 아침 식사를 함께해야 한다'는 전혀 검증되지 않은 원칙을 신봉한다. 게다가 당신이 그와 아침 식사를 함께 하지 않으면, 당신이 인정미가 없고 그를 배려하지 않으며 심지어 그를 사랑하지 않는 거라고 해석한다. 반면에 당신 생각에는 당장에 하고 싶은 일이 있기 때문에 곧장 헤어지더라도 별다른 의미가 없다. 요컨대 별스런 일이 아니고, 그를 사랑하고 않고와는 아무런 관계가 없다. 당신은 그저 빨리 집에 돌아가고 싶을 뿐이다. 그러나 남자 친구는 당신의 그런 행동을 일종의 유기(遺棄)로 해석해서, 문제가 비극적으로 확대되어 간다.

상대에게 조종당하고 싶지 않으면 상대를 조종하지 말라!

상대의 마음속에 감춰진 믿음 알아내기

위에서 언급한 의견 충돌은 한쪽이 상대를 자신의 뜻대로 조종하려는 경우이다. 이는 물론 거의 무의식적인 행위다. 이런 충돌이 일어나는 이유는 머릿속에 잠재된 믿음 때문이다. 당사자는 그 믿음을 의식하지도 못할뿐더러 철저하게 검증해 본 적도 없기 십상이다. 우리는 '부정적 질문(Negative Inquiry)'이라는 방법을 이용해 상대가 믿음의 노예로 살고 있다는 걸 인식시켜 줄 수 있다. 부정적 질문이란, 상대가 당신을 비판할 때 당신의 입장을 변호하는 데 급급하지 않고 오히려 질문을 하는 식으로 상대의 비판에 대응하는 방법이다.

예를 들어 설명해 보자. 당신이 이번 주말엔 혼자서 보내고 싶다고 말한다. 그런데 상대가 당신을 나무라며 화를 낸다. 또 모든 것을 당신 마음대로 하려고 한다면서 죄책감까지 심어주어 당신을 조종하려 한다. 이때 당신은 다음과 같은 부정적 질문을 활용해서 상대의 비판에 대응할 수 있다.

- 나 혼자 주말을 보내려 한다고 해서 네가 화내는 이유를 이해할 수 없다.
- 그런 일로 네가 화내는 이유를 나는 모르겠다.
- 이번 주말을 나 혼자 보내고 싶다고 해서 왜 네가 불만이지?
- 네가 무슨 말을 하는지 알겠어. 하지만 나 혼자 시간을 보내려 한다고 해서 왜 네가 불만이지?

이런 식으로 질문하면서, 당신은 상대에게 화내는 이유를 묻는다. 당신의 질문에 대답하는 과정에서 당신은 상대의 마음속에 잠재된 믿음을 찾아낼 수 있다. 가령, 혼자서 시간을 보내고 싶어 하는 마음은 상대방을 사랑하지 않는 것이라는 믿음 때문에 그런 상황에서 불안감을 느끼는 것이다. 이처럼 검증되지 않은 믿음 때문에 상대는 전혀 진실이 아닌 것을 두고 번민하고 괴로워한다. 요컨대 당신은 여전히 그를 사랑하지만 잠시 혼자서 시간을 보내고 싶을 뿐이다. 당신 생각에 이 둘 사이에는 아무런 관계도 없지만, 상대의 생각은 그렇지 않다. 따라서 오해가 빚어진다. 이때 부정적 질문이라는 기법을 사용해서 당신은 이처럼 잘못된 믿음을 드러내고, 오해를 풀 수 있다. 더불어, 그를 여전히 사랑하지만 잠시 혼자서 시간을 보내고 싶은 거라고 상대를 안심시킬 수 있다.

위의 이야기에는 또 하나의 쟁점이 있다. 당신 둘은 사랑하는 연인 관계이기 때문에 여가 시간을 함께 보내야만 한다고 상대가 생각한다는 점이다. 그러나 사랑하는 사람들은 여가 시간을 함께 보내야 한다고 누가 정했는가? 실제로 이런 믿음은 인간관계에서 흔히 발생하는 문제의 원인이다. 아무튼 부정적 질문으로 상대에게서 어떤 믿음을 찾아내든 간에, 근거 없는 믿음을 드러냈다는 자체만으로도 큰 도움이 될 수 있다.

잠재된 믿음

우리 모두가 앞에서 언급한 것과 유사한 잠재된 믿음, 즉 근본적인 믿음을 갖고 있지만 대개는 의식하지 못하고 살아간다. 그러나 우리가 의식하든 못하든 간에 그런 믿음은 모든 상황에서 우리의 행동과 반응에 영향을 미친다. 따라서 그런 믿음을 찾아내서 철저하게 검증해 진실인지 아닌지를 살펴볼 필요가 있다. 이런 믿음이 근거 없고, 삶과 현실에 대한 오해이거나 환상에 불과하다면 우리는 불필요한 고통을 자초하고 있는 셈이다. 이런 근본적 믿음을 찾아내서 의문을 제시할 때, 잘못된 믿음에서 우리는 해방될 수 있다. 그때서야 우리는 새로운 자유를 맛보고, 우리 마음, 결국 우리 삶에서 평화와 균형을 되찾을 수 있을 것이다.

다른 사람들을 힘들게 만드는 원인

간혹 당신의 선택과 행동이 주변 사람들을 힘들게 만든다는 느낌을 받고, 또 거꾸로 다른 사람의 선택과 행동이 당신을 힘들게 한다는 기분에 젖기도 한다. 그런데 그 이유를 정확히 말할 수는 없다. 배우자와 가족, 친구 등의 인간관계에서 흔히 부딪치는 많은 문제 뒤에는 이런 생각이 감춰져 있다.

우리에게 정말로 다른 사람을 힘들게 할 만한 힘이 있을까? 반대로 다른 사람이 우리를 힘들게 할 만한 힘을 정말로 갖고 있을까?

우리가 머릿속의 세계에서 살아가고 있고, 삶에서 경험하는 모든 것이 생각에 불과하다는 사실을 올바로 이해한다면, 우리가 삶에서 겪는 모든 경험이 사건에 대한 우리 해석에 불과할 뿐 그 이상도 그 이하도 아니라는 사실도 이해할 것이다. 사건과 상황 그 자체로는 우리에게 어떤 식으로도 영향을 미치지 못한다. 우리는 사건과 상황을 우리 생각대로만 경험하기 때문이다.

몇 가지 예를 들어, 이 말이 조금도 틀리지 않았다는 걸 증명해 보자.

사례 1 남자 친구가 당신과의 저녁 약속을 지키지 않았다.

오늘 밤 당신은 남자 친구와 저녁 식사를 함께 하기로 돼 있었다. 그런데 오후 4시 그가 전화를 걸어 야근 때문에 일찍 퇴근할 수 없다며 데이트 약속을 취소한다. 그의 이런 결정에 당신은 화가 나는가? 대답은 당신이 어떻게 반응하느냐에 따라 달라진다.

당신은 어떻게 반응하는가?

- 실망스럽지만 이해한다고 남자 친구에게 말한다.
- 이렇게 약속을 깨뜨린 게 한두 번이 아니기 때문에 화를 낸다. 남자 친구가 일 중독자여서, 일을 당신과의 관계보다 더 중요하게 생각하는 사람이라고 생각한다. 그와 관계를 계속 유지할지까지 고민한다. 따라서 당신은 괴롭다.
- 당신도 일이 많이 밀려 있어서, 안도의 한숨을 내쉬며 오늘 저녁에 밀린 일을 모두 처리하겠다고 결심한다. 그리고 남자 친구에게도 그렇게 말한다.
- 무척 피곤해서 저녁 시간을 혼자 보내고 싶었던 까닭에 그의 약

속 취소가 무척 반갑다.

- 당신은 남자 친구가 어떤 상황에서나 그에게 합당한 선택을 하기를 바라기 때문에 약속 취소를 흔쾌히 허락한다. 남자 친구에게도 그렇게 말한다.

물론 다른 방식으로도 반응할 수 있다. 그러나 문제의 핵심은, 약속 취소를 어떻게 받아들이느냐는 전적으로 당신 생각에 달렸다는 점이다. 예컨대 약속 취소에 화를 낼 수도 기뻐할 수도 있다. 이런 차이는 전적으로 당신의 마음가짐에 따라 달라진다. 달리 말하면, 당신이 어떻게 반응하느냐는 남자 친구와 아무런 관계가 없다.

따라서 외적인 조건은 우리에게 아무런 영향을 미치지 못한다고 말할 수 있는 것이다.

사례 2 어머니가 당신에게 잘못된 선택을 했다고 나무란다.

학업이나 이직, 이사와 결혼 등은 우리 삶에서 중요한 결정이다. 당신이 이런 일을 결정했을 때 당신의 어머니가 당신을 심하게 나무란다. 어머니는 당신에게 중대한 실수를 범하는 거라며 결국에는 후회할 거라고 말한다. 철이 들려면 아직도 멀었고, 어른 말을 귓등으로도 듣지 않는다고 나무란다. 어머니는 당신의 결정에 화를 내고 못마땅해한다. 어머니의 이런 지적에 당신은 괴로운가? 대답은 당신이 어떻게 반응하느냐에 따라 달라진다.

당신은 어떻게 반응하는가?

- 곧장 신경질적으로 반응하고, 어머니가 당신을 이해하지 못한다고 말한다. 결국 말다툼으로 발전해서 당신은 전화기가 부서질 듯 내려놓는다. 그리고 일주일 내내 분을 풀지 못해 고통받는다.

- 당신을 조금도 이해하지 못하는 어머니 때문에 한없이 불행하다고 생각한다. 친구들의 어머니는 이해심이 깊어 딸들을 적극 지원해 주는데 말이다. 그러나 당신은 입을 다물고 아무 말도 하지 않는다. 대화가 끝나면 당신은 마음에 상처를 입고, 그런 어머니를 둔 게 억울하다. 일주일 내내 당신의 머릿속에서 그런 생각이 떠나지 않아 마음이 괴롭다.

- 어머니의 말을 조용히 들은 후에 "엄마 말이 맞을지도 몰라요. 하지만 내 나름으로는 최선의 선택을 한 거예요. 아무튼 엄마가 염려해 줘서 고마워요"라고 대답한다. 정말로 당신은 어머니의 염려에 감동했고, 어머니에게도 그렇게 말한다. 하지만 어머니가 당신 상황을 깊이 이해해 주지 못해 아쉽기도 하다. 그러나

산다는 일은 원래 그런 거라고 긍정적으로 받아들인다.

- 어머니가 당신과 당신의 삶에 대해 조금도 모른다는 걸 알기 때문에 웃어넘긴다. 하지만 어머니에게 그렇게 말하지는 않는다. 그래도 어머니가 당신을 도우려고 최선을 다하고 있고, 당신이 행복하게 살기를 진정으로 바라는 노인네일 뿐이라 생각한다.

물론 어머니의 지적에 대해 다른 식으로도 반응할 수 있다. 어머니의 충고가 당신의 마음을 아프게 하든 않든 간에, 당신이 어머니를 어떻게 생각하고 어머니가 당신의 삶에서 어떤 역할을 하느냐에 따라 어머니의 충고를 받아들이는 방향이 달라진다. 당신의 반응은 어머니와는 아무런 관계가 없다. 어머니에 대한 당신 생각의 결과일 뿐이다. 어머니는 삶에 대한 자신의 믿음을 바탕으로 자신의 생각을 말했을 뿐이다.

어머니에 대한 선입견

어머니와의 대화에서 당신이 화가 치밀고 괴롭다면 어머니에 대해 갖고 있는 당신의 선입견이 원인일 수 있다. 따라서 어머니에 대한 다음과 같은 선입견을 갖고 있지 않은지 점검해 볼 필요가 있다.

- 어머니는 자식을 이해해야 한다.
- 자식이 어떤 짓을 하더라도 어머니는 자식의 편이 돼야 한다.
- 어머니는 항상 자상하고 너그러우며 사랑을 베풀어야 한다.
- 어머니는 자식의 일에 꼬치꼬치 간섭해서는 안 된다.
- 자식이 성장하면 어머니는 자식을 놓아줘야 한다.

위의 선입견 중 하나라도 당신에게 적용된다면 그 선입견을 객관적으로 분석해 볼 필요가 있다. 그러면, 현실은 이런 믿음과 사뭇 다르다는 사실을 확인할 수 있을 것이다. 현실은 다르다.

- 어머니는 자식을 이해하려고 노력하겠지만 자식을 완전히 이해할 수는 없다.
- 어머니는 자신조차 완전히 이해하지 못한다.
- 자식은 자신을 완전히 이해하는가?
- 왜 어머니는 자식을 의무적으로 이해해야 하는가?
- 자식은 어머니를 이해하는가?
......
- 자식이 어떤 짓을 하더라도 어머니가 항상 자식을 편들 수는 없다. 이것도 현실이다.

- 어머니라고 항상 자상하고 너그러우며 사랑을 베풀 수는 없다.
- 어머니는 걸핏하면 자식의 일에 간섭한다.
- 자식이 성장해도 어머니의 눈에 자식은 자식일 뿐이다.

따라서 문제는 다음과 같이 요약된다. 당신은 인간관계에서 불필요한 잡음을 자초하고 있는 것은 아닌가? 어머니에게 지금과는 다른 사람이 되라고 강요하는 것은 아닌가? 세상의 어떤 어머니도 맞출 수 없는 비현실적인 기준을 세워두고 불행을 자초하는 것은 아닌가? 어머니가 감당할 수 없는 것까지 어머니에게 요구하는 것은 아닌가? 반면에 당신은 어떤가? 어머니가 항상 자상하고 너그러우며 사랑해 주길 바란다면 당신도 어머니에게 항상 친절하고 너그러우며 사랑을 베푸는가? 당신이 어머니에게 바란다면, 당신부터 먼저 시작해야 마땅하다. 당신이 먼저 어머니를 친절하고 너그럽게 대하고 사랑을 베풀며, 어머니가 하는 일을 지원해 보라. 그런 후에 어떤 변화가 일어나는지 지켜보라.

다른 사람을 행복하게 해줄 수 있다?

우리가 다른 사람을 힘들게 만들 수 있다는 믿음의 이면에는 우리가 다른 사람을 행복하게 해줄 수도 있다는 믿음이 있다. 이런 믿음은 다음과 같은 식으로 해석된다.

- 나는 주변 사람을 행복하게 해줄 수 있다.
- 내 선택과 행동으로 주변 사람을 행복하게 해줄 수 있다.
- 내게 주변 사람을 행복하게 할 책임이 있다.

정말일까? 우리 행동이 다른 사람의 행복을 좌우할 만한 힘을 가질까? 다시 위에서 인용한 대화로 돌아가보자. 예컨대 당신이 대학을 중퇴하겠다거나 다른 도시로 이사해서 새로운 삶을 시작하겠다고 말하자, 어머니가 당신을 나무란다고 해보자. 어머니는 당신에게 큰 실수를 하는 거고, 언젠가 후회할 날이 올 거라고 말한다. 어머니는 당신의 결정을 못마땅하게 생각한다. 요컨대 당신의 결정이 어머니에게 고통을 안겨준 셈이다. 그러나 당신의 결정에 어머니는 다른 식으로 반응할 수도 있었다. 물론 삶에 대한 어머니의 믿음과 견해가 반응을 결정한다. 예컨대 어머니는 다음과 같이 말할 수도 있었다.

- 저런, 마침내 네가 이런 소란스런 도시를 벗어나 좋은 곳으로 이사하겠다고 결정했다니 반가운 소식이구나!

- 네가 뭘 하든 엄마는 네 편이다. 네게 좋다면 엄마에게도 좋다.

- 정말 반가운 소식이구나! 그래, 너라면 뉴욕에서 재밌게 살 수 있을 거다.

- 네 결정을 이해한다. 너까지 나처럼 따분하게 사는 걸 바라지 않으니까.

- 네가 어떤 결정을 내리든 상관하지 않으마.

- 난 괜찮지만, 그 소식을 들으면 아빠가 노발대발하실 텐데.

- 그래, 네 뜻대로 하거라. 네가 심사숙고해서 그런 결정을 내렸다면 당연히 그래야겠지.

- 그래, 엄마도 네가 의과대학에 다니는 것보다 밸리 댄서가 되면 더 행복할 거라고 생각해 왔단다.

어머니의 반응이 당신과 무슨 관계가 있는가? 어머니의 반응은 전적으로 개인적인 판단이고, 어머니의 세계관에 근거하고 있을 뿐이다. 요컨대 어머니가 생각하는 좋은 삶을 근거로 당신에게 말하는 것일 뿐이다. 당신의 행복에 어머니가 행복해한다면 그나마 다행이다. 그래도 어차피 어머니의 이야기일 뿐이다.

행동의 변명

당신과 당신의 선택이 어떤 식으로든 주변 사람을 행복하게 해줄 수 있다는 믿음의 덫에 걸렸다면, 당신이 다른 사람의 행복을 책임져야 한다는 황당한 생각에서도 벗어나기 힘들다. 그런 생각은 당신을 옭아매는 잔혹한 착각이다. 이런 믿음에 사로잡히면 당신도 의식하지 못하는 사이에 다른 사람의 조종에 무자비하게 휘말릴 수 있다. 이런 착각은 당신이 하는 행동이나 선택을 일일이 남에게 설명해야 한다는 생각에 빠지게 만든다. 당신의 행동을 주변 사람이 달갑게 받아들이지 않으면 당신은 심판받는 기분에 사로잡힌다. 이런 착각은 당신에게 다른 사람의 행복을 좌우할 수 있는 힘이 있다고 믿는 데서 비롯된다. 하지만 그런 믿음은 아무런 근거도 없다.

당신은 주변 사람을 행복하게 해주지 못하게 될 경우 스스로에게나 다른 사람에게 당신이 왜 그런 선택을 했는지 변명하려 애쓴다. 그러나 그런 노력은 당신을 불가능한 상황으로 몰아가는 어리석은 짓이다. 이런 식으로는 행복할 수 없다! 이는 내가 직접 경험한 일이기도 하다.

7장에서 다시 언급하겠지만, 나는 베트남 전쟁 때문에 고향에서 도망쳤고 그 일로 오랫동안 힘겹게 살았다. 당시 십대였던 내 결정으로 가족에게 큰 불행을 안겨주었다는 생각을 떨칠 수 없었다. 게

다가 가족은 내게 여러 차례나 그렇게 말했다. 내가 가족을 불행의 늪에 빠뜨렸고, 내 잘못된 선택 때문에 가족이 고통받았다는 말이 망가진 레코드판처럼 내 머릿속을 맴돌았다. 그야말로 지옥과도 같았다. 그런 죄의식을 이겨내는 데 상당한 시간이 걸렸다. 부모의 행복을 내가 책임질 수 없고, 내가 그들의 기대에 미치지 못했다고 책망하는 것은 그들의 판단일 뿐이라는 사실을 깨닫고 나서야 나는 죄책감에서 벗어날 수 있었다.

요컨대 내 행동에 대한 그들의 해석은 그들의 행복을 좌우할 뿐, 내 행복과는 관계가 없었다. 나는 나름대로 옳다고 생각하는 선택을 했다. 내 선택이 부모의 행복을 좌우하리라고는 생각지 않았다. 엄밀히 말해, 내 선택과 행동에는 부모의 행복을 결정할 만한 아무런 직접적 요인도 없었다. 나는 완전히 다른 이유에서 그런 선택을 했다. 내 결정에 대한 부모의 반응은 전적으로 두 분의 몫이었다. 달리 말하면, 착한 딸은 어때야 한다는 부모의 믿음이 두 분의 행복과 불행을 결정한 요인이었다.

존재할 권리

내 선택과 행동을 설명할 수 있어야 한다는 생각을 면밀하게 검토해 본 끝에, 그런 생각이 내 존재까지 위협한다는 사실을 깨달았다. 상대가 만족할 만큼 내 선택을 설명하지 못하면 나는 여기에 존재할 권리가 없고, 따라서 내 존재의 기반 자체가 흔들리기 때문이었다. 그러나 이런 믿음의 실현은 애초부터 실현 불가능한 일이었다. 상대가 만족할 정도로 내 존재를 설명한다는 것은, 상대의 믿음을 짐작해 내서 나를 그 믿음에 억지로 맞춰야 한다는 걸 뜻하기 때문이다. 불가능한 일 아닌가! 그것은 끔찍한 재앙 같은 착각이었고, 나는 언제나 패자가 될 수밖에 없었다.

당시에는, 모두가 각자 나름대로 결정한 잘잘못의 기준에 따라 생각한다는 사실을 알지 못했다. 그래서 나 또한 그런 착각의 덫에서 쉽게 헤어나오지 못했다.

정신이 어떻게 작용하고, 그런 자의적 기준이 우리에게 어떻게 영향을 미치는지 깨닫기 시작하면서 나는 그 덫에서 헤어 나올 수 있었다. 그 메커니즘을 이해하고 나서야 나는 누구도 자신의 존재를 타인에게 정당화시킬 수 없다는 사실도 깨달았다. 터무니없는 착각에 얽매여 살았던 셈이었다. 결국 우리는 현재의 우리일 뿐이다. 온갖 심리학 이론을 동원해도 그 이유를 속 시원히 설명할 수는 없다. 물론 우리 행동과 메커니즘을 통찰력 있게 관찰함으로써 진행되는 현상을 어느 정도는 설명할 수 있지만, 우리에게는 현재를 살아가는 굴레라는 사실만 있을 뿐이다.

우리 존재를 정당화시켜야 한다는 강박관념은 바람을 붙잡으려는 몸부림과 같다. 하지만 불가능한 몸부림이다! 우리는 현재를 살아갈 뿐이며, 각자가 나름대로 편견을 갖는다. 그것이 존재의 방식이다. 그렇다고 우리에게 아무런 책임이 없다는 뜻은 아니다. 어쩌면 대부분이 우리 책임이다. 그렇다고 해서 다른 사람이 만족할 정도로 우리 자신을 설명해야 한다는 것도 아니다. 책임은 우주의 법칙이다. 누구도 그 법칙에서 자유로울 수 없다. 인과법칙에 따르면, 우리가 생각하고 말하며 행동하는 모든 것에는 결과가 따른다. 따라서 우리 선택과 행동도 결과를 남긴다. 이쯤 되면 '우리는 깨어 있는가?', '우리가 무엇을 생각하고 말하며 행동하는지 알고 있는가?' 라는 질문을 스스로에게 던져봐야 한다. 당신은 항상 깨어 있는가? 당신의 의도는 무엇인가? 지향점은 무엇이고, 목표는 무엇인가?

자유롭기

내 말이 이해되면 이제부터라도 착각의 덫에서 벗어나라. 우리에게 주어진 생득권인 자유를 만끽해 보자. 우리답게 살면서 그 결과를 기꺼이 받아들이는 권리를 되찾자. 무엇이 우리를 옭아매고 있는지 곰곰이 생각해 보고, 그 굴레에서 벗어나자. 주변 사람이 달갑게 생각지 않더라도 그들에게 우리 선택을 설명하려는 불가능한 일을 단념하자. 주변 사람에게 좌우되지 않고, 우리답게 살아가는 권리를 마음껏 누리자. 단호한 태도를 취하는 법을 배우자.

등산을 하고 싶다면 등산을 하는 데 필요한 일을 하고 그 결과를 받아들여라. 집에서 쉬고 싶다면, 집에서 쉬고 싶은 권리를 누리고 그 결과를 받아들여라. 어떤 선택에나 결과가 뒤따른다. 그리고 누가 뭐라고 하든 우리에게는 스스로 결정을 내릴 권리가 있다. 누가 정했는지도 모르는 의무에 대한 잘못된 믿음에 사로잡혀 왜 자유를 포기해야 하는가. 자신을 위해서, 또 우리답게 살 권리를 위해서 굳게 일어서야 한다. 우리 자신을 지키면서 우리답게 진정한 삶을 살아갈 때 마주치는 비판을 이겨내야 한다.

비판을 이겨내기

그럼 비판을 이겨내려면 어떻게 해야 할까? 또 비판이란 무엇일까? 웹스터 사전에 따르면, '비판하다(to criticize)'는 "……의 장점과 단점을 판단하거나 논평하다"라는 뜻이다. 그러나 이 정의를 곰곰이 생각해 보면, 비판은 한 사람이 어떤 상황이나 사건에 대한 자신의 생각을 다른 사람에게 말하는 것일 뿐이다. 따라서 당신을 비판하는 사람은 어떤 상황이나 사건에 대한 자신의 생각을 당신에게 말하는 것일 뿐이다. 이런 점에서, '비판'은 다른 사람의 의견에 불과하다. 그의 의견이 우리 의견과 다를 때 우리는 그의 의견을 비판이라 칭한다. 그러나 기본적으로 그는 뭔가에 대한 자신의 생각을 우리에게 말한 것일 뿐이며, 그의 말이 맞을 수도 있고 틀릴 수도 있다. 그 이상의 의미는 없다.

그러나 비판에 대한 우리 반응은 무척 다르다.

나는 비판이 무엇이고, 비판에 어떻게 대응해야 하는가를 연구하는 데 몰두해 왔다. 내가 찾아낸 결론에 따르면, 누군가 우리를 비판할 때 우리는 대략 3가지 방법으로 대응한다. 간단한 예를 들어 보자. 누군가 당신에게 "너는 시험에 떨어졌어. 네가 멍청하다는 뜻이지"라고 말했다고 하자. 그럼 당신은 이 말에 다음 세 가지 중 하나로 반응한다.

1) "그래, 맞아"라며 인정한다.

당신은 시험에 낙제했고, 따라서 멍청하다. 그 말이 사실인 걸 알기 때문에 당신은 그 말에 당황하지 않는다.

2) "아니야, 그렇지 않아!"라며 인정하지 않는다.

당신이 멍청하지 않다는 걸 알기 때문에 그 말에 당황하지 않는다. 시험에 떨어졌지만 당신이 멍청하지 않다는 것도 알기 때문이다.

3) 방어적인 태도를 취하면서 당황한다.

방어적인 태도를 취하고 당황하는 반응은 일종의 경종(警鐘)이다. 당신에 대한 지적이 사실인지 아닌지를 스스로도 모르고 있다는 신호거나, 당신에 대한 비판이 어느 정도 사실이지만 그 사실을 인정하고 싶지 않다는 신호다. 따라서 당신은 당황하면서 방어적 태도를 취하며, "어떻게 나에 대해 그렇게 말할 수 있지? 내 자존심에 상처를 줬어. 나를 이해하지 못한다는 증거야. 몰인정한 짓이야!"라는 식으로 반응한다. 비판에 이런 식으로 반응하는 사람은 자신에게 뭐가 진실인지 정확히 모르고 있다는 뜻이다. 따라서 당신이 이렇게 반응한다면 당신의 삶에서 이 부분을 정확히 조사해 볼 필요가 있다.

이렇게 냉정하게 살펴봐야 당신에게 뭐가 진실인지 정확히 알 것이기 때문에, 다음에 똑같은 말을 들어도 방어적이 되거나 당황하지 않을 수 있다.

비판이라는 선물

비판은 큰 선물이며 성장할 기회이기도 하다. 나는 오랜 시간이 걸린 후에야 비판이 선물이라는 걸 깨달았다. 비판은 내면을 들여다봄으로써 무엇이 내게 진실인지 살펴볼 시간을 갖게 하기 때문이다. 비판이 선물이라는 것은 소중한 깨달음이지만, 흔쾌히 받아들이기 어려웠고 지금도 여전히 어려운 교훈이다.

예를 들어 설명해 보자.

나는 어머니에게 "바바라, 넌 맨날 실수만 저지르는구나!"라는 말을 귀에 딱지가 앉을 정도로 들었다. 어머니가 그렇게 말할 때마다 나는 못마땅했다. 어머니가 나를 공격하고 비판하는 거라고 생각한 때문이었다. 어머니가 나를 이해하지 못하고 심지어 무자비하다는 생각까지 했다. 물론, 어머니의 지적이 옳고, 내가 자주 실수를 저지른다는 기분도 떨칠 수 없었다. 그 후 나 자신을 깊이 통찰하고, 주변 사람과 비판에 나름대로 능숙하게 대처하게 됐을 때, 나는 혼자서 그 문제를 진지하게 되짚어보기 시작했다. 어머니의 지적이 진실인지 아닌지를 파헤치고 싶었다. 그 문제를 치유적 관점에서 살펴보기 시작했을 때, 나는 무엇보다 먼저 '실수'라는 단어의 뜻부터 정의해 보았다. 이처럼 '실수'의 의미를 논의의 초점에 놓자, 어머니가 내 선택이나 행동을 달갑게 생각하지 않을 때 '실수'라는 단어를 사용한다는 사실을 깨달았다. 대체 실수가 무슨 뜻일까? 사전의 정의에 따르면, 실수는 "행동이나 판단에서의 오류"를 가리킨다. 하지만 누구의 기준에선가? 행동이나 판단에서 오류를 판정하려면, 기준으로 삼는 시스템이나 규칙이 있어야 한다. 이렇게 생각하자, 실수에 대한 어머니의 판단은 결국 어머니의 믿음, 어머니의 생각에 근거한 판단일 뿐이라는 사실을 깨달았다.

그 후에도 연구를 거듭한 끝에, 현실 세계에는 행동과 그 행동에 대한 결과만이 존재한다는 결론에 이르렀다. 현실에는 그것밖에 없었다. 따라서 '실수'라는 것은 있을 수 없었다. 사실, 실수는 애초부터 불가능한 것이다. 우리는 결정을 내리고 선택을 하며, 그런 선택과 결정은 결과를 낳는다. 우리가 그 행동과 행동의 결과를 해석하고 평가할 때, '실수'라는 단어가 끼어들 뿐이다. 어떤 행동의 결과가 마음에 들면 우리는 선택을 잘했다고 말하고, 어떤 행동의 결과가 못마땅하면 실수를 범했다고 말한다. 그 이상도 아니고, 그 이하도 아니다.

내 어머니의 경우를 예로 들면, 내가 베트남 전쟁을 반대하는 시위에 가담하고 학교를 중퇴한 것이 못마땅했던 것이다. 내가 세상을 떠돌아다니고, 마약을 하며, 히피가 되어 외국 땅을 전전하는 것도 마음에 들지 않았던 것이다. 또 내가 자연식 강사로 활동하는 것, 의

사와 결혼해서 미국의 교외에서 살지 못하는 것도 불만이었다. 이런 삶은 어머니의 기준에서 '실수'를 범한 짓이었다. 따라서 어머니가 내게 실수를 저질렀다고 말한 것은, 내가 어머니의 기준에 맞춰 선택하지 않았다고 말한 것일 뿐이었다. 또 어머니의 기준에 따라 내가 선택을 했더라면 행복한 삶을 살 수 있었을 거라는 질책이기도 했다. 물론 어머니의 기준에 따른 행복한 삶이었지만 말이다.

여하튼 어머니의 생각에 행복한 삶이란, 의사나 변호사처럼 부자인 남자와 결혼해서 미국의 교외에 있는 멋진 집에서 사는 삶이었다. 따라서 어머니의 눈에 내 선택은 '실수'였다. 그리고 어머니가 '실수'라는 말을 할 때마다 나는 어머니가 나를 비판하는 것이라 여겼다. 그러나 내가 어머니의 말을 신중하게 되살펴볼 기회를 가진 계기는 어머니의 비판이라는 선물이었다. 비판이라는 선물 덕분에 대다수의 사람이 두렵게만 생각하는 '실수'라는 개념을 나는 전반적으로 되살펴볼 수 있었고, 그 후로 내가 내린 결정과 선택을 마음껏 즐길 수 있었다.

실수라는 두려움

'실수를 저지르다'라는 개념에 대해 생각하면서, 많은 사람이 실수를 무척 두려워한다는 사실을 깨달았다. '왜 실수하는 걸 두려워할까?' 나 자신을 위해서 이 문제를 파고든 끝에, 실수를 두려워하는 이유는 '산다는 것은 돌이킬 수 없는 일'이라는 선입견에서 비롯된다는 결론에 이르렀다. 요컨대 산다는 것은 돌이킬 수 없는 일이 때문에 어떤 식으로든 실수를 범하면 위험하다는 해석이었다. 나도 과거에는 똑같이 생각했다. 요컨대 실수를 범하면 헤어날 수 없는 구렁텅이에 빠져 힘겨운 삶을 살게 되거나 벌을 받게 된다고 생각했던 것이다. 그렇다고 벌을 받는다는 것이 구체적으로 무슨 뜻인지 알았던 것도 아니다. 또 내가 실수를 범하면 그건 내가 잘못되었다는 것을 확실하게 증명하는 거라는 근거 없는 생각도 했다. 내가 똑똑하면 실수를 범하지 않을 거라는 이상한 논리 때문이었다.

그러나 이처럼 검증되지 않은 생각들은 한결같이 어떤 행동은 옳고 어떤 행동은 틀리다는 선입견에서 비롯된 것일 뿐이었다. 마침내 나는 '누구의 기준'인가 하는 의문을 갖기에 이르렀다. '누구의 기준'인가 하는 의문에 이르면, 모든 것이 상대적이고 실수도 상황에 따라 달리 정의될 수 있다는 사실을 깨닫게 된다. 달리 말하면, 실수를 범한다는 생각은 무엇은 옳고 무엇은 틀리다고 하는, 자의적인 믿음에 속하는 것이다. 사실, 모든 믿음은 자의적이다! 따라서 선입견에 불과한 믿음과 가치 판단을 버리면 '실수'란 애초부터 존재하지 않는다는 걸 깨닫게 된다. 실수는 그 자체로 존재하지 못한다. 행동과 그 결과만이 존재한다. 우리는 뭔가를 하고 다른 무엇이 결과로 생긴다. 이것이 현실이다. 따라서 어떤 상황에서도 우리는 눈앞의 현상을 면밀히 관찰해서 뭔가를 배울 기회를 갖는다. 삶이 아름답다고 말하는 이유도 여기에 있다. 삶은 우리에게 공부할 기회와 성장할 기회를 끊임없이 제공하기 때문이다. 그런 점에서 삶은 재미있다!

어머니가 내 삶의 방식을 끊임없이 비판해 준 덕분에 나는 또 하나의 해방감을 맛보았다. 전적으로 내 자의적 믿음에 근거한 판단이기는 하지만, 내 눈에 미국의 교외는 지옥처럼 보인다. 그런 곳에 살면서 골프를 치는 것보다, 내 어머니가 '실수'라고 꾸지람하는 모험적인 삶을 사는 편이 내게는 아직도 더 재밌기 때문이다.

자신의 '투영'

지금까지는 우리가 비판받을 때 어떤 기분이고 어떻게 반응하느냐를 살펴보았다. 이번에는 우리가 상대를 비판할 때 어떤 일이 닥치는지 살펴보자. 요즘 들어 '자기 발견'에 관심을 갖는 사람이 많다. 따라서 우리가 다른 사람을 비판하는 경우도 면밀히 따져볼 필요가 있다. 이와 관련해서 '투영(Projection)'이라는 개념을 먼저 살펴보자.

심리학 이론에 따르면, 우리는 자신의 바람직하지 않은 생각과 동기 및 욕망을 다른 사람에게 무의식적으로 '투영'한다. 달리 말하면, 실제로는 우리 자신에 속한 것을 다른 사람에게서 본 것처럼 생각할 때 '투영'이라는 단어를 사용한다. 이때 우리는 그렇게 투영한다는 것을 의식하지 못한다.

그렇다고 우리가 다른 사람과 관계를 맺으면서 진실을 말하지 않는다는 뜻은 아니다. 그러나 깨달음의 깊이가 깊어질 때 우리는 다음과 같은 질문을 스스로에게 던지게 된다.

1) 내가 다른 사람에 대해 말하는 것, 요컨대 그를 비판하고 비난하는 '증거는 무엇인가?' 예를 들어 내가 "잭은 사기꾼이야!"라고 말한다면 그 증거는 무엇일까? 잭이 내게 빚진 돈을 갚지 않았다는 것이 증거일 수 있다. 다른 증거는 없는가? 없다! 그렇다고 그를 사기꾼이라 할 수 있을까? 어쩌면 잭은 지금 당장에 갚을 돈이 없는 것일 수 있다. 또 평소에는 빚을 잘 갚았는데 이번에만 빚을 못 갚고 있는 형편일 수 있다. 그럼 진실은 무엇일까? 섣불리 가정하고 일반화하는 짓은 무척 위험하다. 지금 이 순간에 진실로 확인된 것에서 벗어나지 않고, 그것만을 근거로 말하는 편이 훨씬 낫다. 예컨대

"잭이 나한테 빌려간 돈을 갚지 않아 걱정이야", "잭, 나한테 빌려간 돈을 갚지 않는 이유가 뭔지 말해 줄 수 있겠나?"라고 말하는 것이다.

2) 다른 사람을 비판할 때 투영이 개입된다고 말하는 이유는 '내가 잭을 사기꾼이라 비난하고 있는데, 그렇다면 혹시 나는 사기꾼이 아닐까?' 라는 의문을 갖기 때문이다. 요컨대 나 자신의 부정적인 면을 다른 사람에게 투영하는 것은 아닐까? 우리가 누군가를 비난한다면, 우리 자신의 행동을 떳떳하게 책임지지 않고 우리의 부정적인 면을 남에게 투영시키는 것은 아닌지 되짚어볼 필요가 있다. 올바른 답을 구하려면, 지금까지 살면서 그런 적이 있었는지, 있었다면 언제 그랬는지 살펴봐야 한다. 당신은 언제 어떤 이유에서 빌린 돈을 갚지 못했는지 돌아봐야 한다. 물론 모든 사람이 빚을 갚지 않고 산다는 뜻은 아니다. 우리가 가진 것 중에 '빌린 것'이 없는지 살펴보라는 뜻이다. 요컨대 무엇이 진정으로 내 것이고, 무엇이 현재 상황에서 다른 사람의 것인지 의문을 갖자는 말이다.

근거 없는 추측

냉정하게 살펴보면, 우리가 아무런 증거도 없이 누군가에 대해 추측하면서 그를 비판한다는 사실을 깨닫게 된다.

우리가 어떻게 그런 식으로 곤경에 처하는지 예를 들어보자. "남자 친구가 어젯밤에 전화하겠다고 약속하고서는 전화를 하지 않았어. 나를 진심으로 사랑하지 않는다는 증거야!"라고 말한다. 또 "남자 친구가 어젯밤에 전화하겠다고 약속하고서는 전화를 하지 않았어. 인정머리라곤 없는 거짓말쟁이야!"라고 말하지는 않는가. 이런 푸념이 진실을 반영한 것일까? 진실은 남자 친구가 전화를 하지 않았다는 것뿐이다. 그 이후의 푸념은 추측에 불과하다. 남자 친구를 만나서 전화하지 않은 이유를 들을 때까지 나는 그 이유를 전혀 모른다. 그가 어젯밤에 전화를 하지 않은 이유는 무수히 많을 수 있다.

- 갑자기 죽었다.
- 한적한 시골길을 달리던 중에 자동차가 고장 났다. 게다가 휴대 전화마저 잃어버렸다.
- 전화하는 걸 깜박 잊었다.
- 그의 아버지가 심장마비를 일으켜서, 밤새 응급실을 지켰다.
- 깜빡 잠이 들었다.
- 우울증에 빠져 누구하고도 말하고 싶지 않았다.
- 회사에서 갑자기 급한 일이 생겨 밤늦게까지 일하느라 전화하

는 걸 잊었다.

- 너무 피곤해서 누구하고도 말하고 싶지 않았다.
- 다른 여자와 외출했다.

결국 진실이 무엇일까? 왜 그가 전화를 하지 않았을까? 행복한 삶을 살고 싶다면 "절대 추측하지 마라!" 근거 없이 속앓이를 하지 말고, '사실'에만 충실하라. 전후 사정을 정확히 알 때까지 섣불리 판단하지 마라. 어떤 형태로도 판단하지 마라. 당신 머릿속의 생각부터 먼저 살펴라.

세상 전체가 투영이다!

결국 세상 전체가 우리의 투영이란 사실을 명심하라!

4장

선입견을 버려라

Are You Happy Now?

힘들고 불행한 네 번째 이유는
삶과 세상을 두려워하기 때문이다

일어나지도 않은 일 때문에 지독한 두려움에 짓눌려본 적이 있는
가? 언젠가는 닥치리라 예상했지만 실제로는 일어나지 않은 일 때
문에 허둥대본 적이 있는가? 아득한 미래에나 있을 법한 사건의 부
정적 결과를 생각해 본 적이 있는가? 직장에서 쫓겨나거나 치명적
인 질병에 걸리는 공상에 잠겨본 적이 있는가? 할리우드의 재난 영
화처럼 최악의 시나리오를 머릿속으로 상상해 본 적이 있는가? 그
렇다면 '걱정 클럽'의 회원이 된 걸 축하한다!

이 세상에 '걱정 클럽'만큼 방대한 회원을 거느린 클럽은 없을 것
이다. 거의 모든 사람이 회원이다. 적어도 내가 아는 사람은 모두가
'걱정 클럽'의 회원이다. 하지만 소수의 현명한 사람들이 그 클럽
에서 탈퇴했다는 이야기도 들었다. 그러나 극소수에 불과하다.

물론 걱정 클럽의 회원들 간에도 등급이 있다. 매일 걱정하는 전문가도 있는 반면에, 특별한 경우에만 걱정의 능력을 사용하는 회원도 있다. 그러나 아무 짝에도 쓸모없고, 누구에게도 도움을 주지 못하는 기상천외한 클럽인 것만은 틀림없다.

이쯤에서 잠깐 시간을 내서 당신의 삶을 돌이켜보자. 5년 전에 당신은 지금 이 순간에 걱정하는 일로 똑같이 걱정하지 않았는가? 건강과 돈, 자식과 인간관계로 걱정하지는 않았는가? 요즘엔 어떤가? 당신은 여전히 똑같은 문제로 걱정하고 있다. 이미 지나간 옛날 일인데도 말이다! 그래, 걱정해서 상황이 달라졌는가? 지금까지 살면서 곳곳에 도사리고 있는 장애물을 만나왔다. 하지만 그것으로 끝이었다. '심각한' 일이 벌어졌어도 당신이 처음에 걱정했던 만큼은 아니었을 것이다. 당신이 섣불리 추측하며 걱정했던 것과는 완전히 달랐을 것이다. 게다가 그처럼 걱정에 싸여 살고 온갖 장애물에 부딪쳤지만, 당신은 그럭저럭 헤쳐 나가면서 여기까지 왔다. 문제는 '걱정한다고 사태 해결에 도움이 되는가?'이다. 걱정한다고 지금까지 살아온 길이 좀더 편해졌는가? 정직한 사람이라면 누구도 "예!"라고 대답하지 못할 것이다. 걱정은 우리 삶을 조금도 편하게 해주지 못한다. 오히려 걱정은 우리를 쓸데없이 피곤하게 만들 뿐이다! 적어도 내 경우는 그랬다. 내가 쓸데없이 걱정하지 않았다면 오히려 내 삶이 더 편해졌을 것이다. 그런데도 나는 걱정하고 또 걱정했다. 그래서 어떻게 됐는가? 많은 시간이 흘렀고 나는 그만큼 늙었다. 그러나 나는 여전히 이 자리에 있고 달라진 것은 없다.

걱정을 멈출 수 있을까?

안타깝지만 누구도 걱정을 잊고 살 수는 없다. 걱정을 그만두겠다고 결심해 봐야 소용없다는 것을 모르는 사람이 없다. 나는 걱정을 끊어버리겠다고 무수히 시도해 보았지만 효과를 거두지 못했다. 우리는 모두 걱정하지 않겠다고 거듭해서 다짐하지만 여전히 걱정하며 살아간다. 걱정이 부정적이고 어리석은 짓이며, 스트레스를 안겨주고 시간 낭비에 불과하다는 걸 모르는 사람은 없다. 또 걱정한다고 좋은 결과가 나오는 것도 아니다.

그럼 어떻게 해야 할까?

걱정을 떨쳐내는 방법은 없을까?

내 경험에 따르면, 걱정을 이겨내는 방법은 하나뿐이다. 우리가 걱정하는 문제의 진실을 확실하게 파악하는 것이다. 우리에게 걱정을 안겨주는 생각을 억누르거나, 그런 생각에서 벗어나려 한다고 해서 큰 효과를 기대하기는 어렵다. 걱정거리를 해소하는 최선의 방법은 걱정거리를 면밀히 조사해서, 그 걱정거리가 정말로 걱정할 거리인지 알아내는 것이다. 우리가 진실이 아닌 문제로 걱정한다는 걸 깨닫게 되면, 그 문제로 계속 걱정한다는 게 어리석게 느껴지기 때문이다.

전형적인 걱정의 확대 과정

먼저 우리가 흔히 시달리는 걱정거리를 살펴보자. 우리 모두가 거의 똑같은 문제로 걱정하며 거의 비슷한 이야기를 꾸며낸다. 특별히 다른 사람은 없다. 모두가 똑같은 문제를 안고 살아간다. 주된 걱정거리의 하나가 건강이다. 신체를 어떻게 최적의 상태로 유지할 수 있을까 하는 걱정이다. 몸에서 전해지는 기분을 걱정하고, 우리가 남들에게 어떻게 보일까도 걱정한다. 통증을 걱정하고 늙어가는 것을 걱정한다. 달리 말하면, 우리 걱정의 대부분이 몸과 관계가 있다. 간혹 나는 건강이 정말로 걱정될 때, 차라리 이 몸이 없다면 걱정할 것이 없겠다고 생각하기도 했다. 몸이 없으면 걱정거리도 없다! 그러나 몸이 없다면 존재할 수 없으므로 우리 대부분이 몸을 걱정하며 살아간다.

먹고사는 문제로도 걱정은 끊이지 않는다. 우리는 돈과 일자리 등

경제적 안정을 걱정한다. 또 우리 몸이 다른 몸들과 어울려 사는 문제도 걱정한다. 따라서 인간관계를 걱정하고 혼자 있는 시간을 걱정한다.

그러나 걱정거리가 뭐든 간에, 그 걱정거리를 면밀히 조사해 보면 어떤 일이 닥칠지 모른다고 미리 두려워하여 꾸며낸 황당한 이야기에 불과하다는 걸 알게 된다. 예를 들면 다음과 같은 식이다.

- 병이 들면 생활을 어떻게 꾸려가지?
- 삶은 워낙에 위험하고 이 세상도 겁나는 곳이야.
- 짝이 없으면 외로울 거야.
- 내가 원하는 것에 문제가 있는 거야.
- 나한테 뭔가 문제가 있어.
- 내가 주도권을 잡아야만 해.
- 우리 아이에게 무슨 일이 생기면 어떻게 하지?
- 나는 결국엔 혼자가 되겠지.
- 나쁜 일이 나한테 생기면 나도 남에게 의존할 수밖에 없겠지.
- 친구가 떠나면 나는 무척 외로울 거야.
- 병들고 아픈 건 공정하지 못해. 내가 이처럼 아픈 건 부당한 일이야.

- 돈이 없으면 안전하지 않아.
- 상태가 점점 나빠질 거야.

우리가 흔히 걱정하는 몇 가지 사례를 구체적으로 살펴보자. 그러면 그런 걱정이 근거 없는 허황된 상상에 불과하다는 걸 알게 될 것이다.

병이 들면 생활을 꾸려가기 힘들 거다.

대다수의 사람이 이런 걱정에 사로잡혀 지낸다. 따라서 조금만 아파도 끔찍한 일이 곧 닥칠 거라고 상상하며 난리법석을 피운다. 암을 상상하고, 방치된 채 쓸쓸히 죽어갈 거라고 상상한다. 가족에게 큰 부담을 지우고, 결국에 병원에서 죽어갈 거라고 상상한다. 병에 걸린 사람들에게 흔히 듣는 이야기이기도 하다.

삶은 워낙에 위험하고 이 세상도 겁나는 곳이다.

이런 말도 우리가 꾸며낸 허황된 이야기에 불과하다. 이런 이야기는 부모가 자식에게 전하고, 언론까지 가세해서 불에 기름을 끼얹는다. 이 생각에 대해서는 10장에서 좀더 자세히 살펴보기로 하자.

짝이 없으면 외로울 거다.

당신은 혼자인 것이 두려워서 불만스럽지만 관계를 계속 유지하고 있는가? 상대가 떠나면 외로워질 게 두려워 불만스런 관계를 참고 견디는 것은 아닌가?

내가 원하는 것에 문제가 있다.

우리가 선택하고 결정한 일이 제대로 진행되지 않고 그런 상황을 설명하고 정당화시킬 수 없을 때, 우리는 가까운 친구들에게 흔히 이렇게 말한다.

나한테 뭔가 문제가 있어.

우리는 흔히 이렇게 말하지만 문제는 해결하지 못하고 끝없이 가슴앓이만 할 뿐이다.

내가 주도권을 잡아야만 해.

우리가 뭔가를 하지 않아도 세상은 완벽하게 돌아가는데, 대부분의 사람이 이런 생각에 사로잡혀 살아간다. 결국 불가능한 것을 하겠다고 우리 자신을 다그치기 때문에 이런 이야기를 떠올릴 때마다 분노가 치밀어 오른다.

위의 지적에 고개를 끄덕인다면 발전의 여지가 있다는 뜻이다. 그럼 다음 단계로 무엇을 해야 할까? 당신이 꾸민 이야기와 당신의 걱정거리를 철저하게 조사하는 것이다. 당신의 걱정거리를 진실의 빛에 비춰 보면서 정말로 걱정할 일인지 따져보라. 어떤 식으로 걱정거리를 조사해야 할까?

바이런 케이티의 네 가지 질문

내가 알고 있는, 우리 걱정거리를 조사하는 가장 효과적인 안내서는 바이런 케이티의 《지금 있는 것을 사랑하라(Loving What Is)》이다. 이 책은 두려움과 걱정거리를 점검해서 그것이 타당한지 확인하는 데 사용할 수 있는 네 가지 간단한 질문을 제시한다.

이 질문을 해서 진실 여부를 찾아내면 대부분의 걱정이 감쪽같이 사라진다는 점도 흥미롭지만, 그 효과에 깜짝 놀랄 것이다.

네 가지 질문이 갖는 또 하나의 흥미로운 점은, 시대를 초월해서 위대한 스승들이 자기 성찰을 위해 가르쳐왔던 질문 기법을 현대식으로 풀어냈다는 것이다. 이 질문을 활용하기 위해서 특별한 훈련은 필요하지 않다. 누구라도 혼자서, 혹은 동료나 친구와 함께 해볼 수 있는 간편한 방법이다.

다음이 그 네 가지 질문이다.

1) 그 생각은 진실인가?

2) 그 생각이 진실이라고 당신은 확신하는가?

3) 그렇게 생각할 때 당신은 어떻게 반응하는가?

4) 그렇게 생각하지 않으면 당신은 어떻게 되겠는가?

그리고 뒤집어서도 생각하라.

너무 간단한 질문이어서 효과가 미심쩍은가? 그럼 직접 실험을 해보자. 위에서 언급한 걱정거리 중 하나에 네 가지 질문을 해보고 그 결과를 살펴보자. 처음에 언급한 걱정거리로 실험해 보자.

병이 들면 생활을 꾸려가기 힘들 거다.

1) 그 생각은 진실인가?

그렇다, 내가 아프면 정말 그럴 거다. 일하러 나가지 못할 테니 생활을 꾸려가기 힘들지 않겠는가. 매달 밀려오는 청구서는 어떻게 하는가? 집도 팔아야 할 거고, 결국 사회복지시설의 신세를 져야 할 거다.

2) 그 생각이 진실이라고 확신하는가?

그렇지는 않다. 꼭 그렇게 된다고 확신하지는 않는다. 전에도 아픈 적이 있지만 일을 할 수 있었다. 병가(病暇)를 낼 수 있었고, 결국 건강을 회복해서 모든 문제가 해결됐다. 내가 정말로 병에 걸리면, 자식들이나 부모가 나를 도와줄 거다. 물론 친구들도 도와줄 거다. 정부의 지원도 있을 거다. 따라서 병이 들면 생활을 꾸려가기 힘들 거라고 확신할 수는 없다.

3) '병이 들면 생활을 꾸려가기 힘들 거다'라는 생각을 할 때 당신은 어떻게 반응하는가?

두렵다. 걱정이 밀려오고 불안하다. 내 존재가 전적으로 내 건강에 달렸다는 생각에 끔찍하다. 그래서 항상 긴장되고 두렵다.

4) '병이 들면 생활을 꾸려가기 힘들 거다'라고 생각하지 않으면 당신은 어떻게 되겠는가?

훨씬 행복하고 마음도 편할 것이다. 내 미래를 크게 걱정하지 않으면서 지금 이 순간을 마음껏 즐길 수 있을 거다.

이번에는 뒤집어 생각해 보자. '병이 들어도 나는 얼마든지 생활을 꾸려갈 수 있을 거다'라고 정반대로 생각해 보자. 처음 생각보다 진실에 더 가깝지 않은가?

그렇다. 이 말이 처음 생각보다 진실에 더 가깝다는 걸 이제야 알았다. 전에도 아팠지만 이렇게 잘 살고 있지 않은가!

이렇게 긍정적으로 생각하면 어떤 결과가 있을까? 깊이 생각하며 느긋한 마음으로 위의 훈련을 계속해 보면, 차분히 앉아 네 가지 질문을 스스로에게 던져보고 내면의 목소리에 귀를 기울이며 답을 찾아가면, 잘못된 생각으로 우리가 얼마나 고통받고 있는지 어렵지 않게 깨달을 수 있다. 또 걱정하던 결과가 실제로는 일어나지 않았다는 사실을 확인하게 되면서, 그런 허황된 이야기가 고통의 원인이라는 사실도 깨닫게 된다. 결국 우리는 꿈, 환상을 걱정하고 있는 셈이다.

예컨대 위의 이야기에서, 당신은 전에도 아팠지만 모든 문제가 원만하게 해결됐고 당신이 상상하던 것처럼 끔찍하지는 않았다. 따라서 "그렇게 생각하지 않으면 당신은 어떻게 되겠는가?"라는 네 번째 질문과 뒤집어 생각하는 방법을 통해서 우리는 처음에 애태우던 생각을 버릴 때 마음이 한결 편해진다는 것을 경험할 수 있다. 이렇게 할 때, 미래에 대한 암울한 투영이 진실의 빛에 녹아버려 편안한 마음으로 지금 이 순간을 즐길 수 있을 것이다.

이처럼 진실은 우리에게 활력까지 준다!

지금 불행한가?

미래에 대한 걱정 외에, 우리에게 고통을 안겨주는 다른 유형의 허황된 이야기가 있다. 지금 이 순간에, 우리 행복을 방해하는 것이 있다고 꾸며낸 이야기이다. '……하기만 한다면'이라는 가정이 원흉이다. 예컨대 우리는 걸핏하면 이런 식으로 말한다. "그가 내 이야기를 들어주면 정말 행복할 텐데", "햇살이 비치면 행복할 텐데", "허리가 아프지만 않으면 행복할 텐데", "은행에 돈이 조금만 더 있어도 행복할 텐데", "승진을 했다면 행복할 텐데", "그에게 사랑을 흠뻑 받으면 행복할 텐데"……. 그야말로 불행을 자초하는 셈이다.

이런 식으로 허황된 이야기를 꾸밀 때도 위의 네 가지 질문을 사용해 헛된 착각에서 벗어날 수 있다. 어렵게 생각하지 말고, 놀이나 재밌는 연습처럼 해보자. 먼저, 지금 이 순간에 당신의 행복을 가로막는 것에 대해 어떤 이야기를 꾸미고 있는지 찾아내자. 나는 앞에서도 똑같은 요구를 했지만, 이번에는 좀더 구체적으로 접근해서 지금 이 순간에 당신의 행복을 방해하는 것이 무엇인지 정확히 써보라. 그리고 그것들을 두고 위의 네 가지 질문을 차례로 해보라.

자, 지금 당신의 행복을 방해하는 것이 무엇인가? 당신의 직업인가? 당신의 상사인가? 그렇다면 어떤 이야기를 꾸미고 있는가? 글로 자세히 써보라. 당신의 건강이 문제인가? 그렇다면 이번에는 어떤 이야기를 꾸미고 있는가? 부인이나 자식과의 관계가 문제인가? 그렇다면 어떤 이야기를 꾸미고 있는가? 당신 속을 썩이는 것은 날씨인가, 늙어가는 세월인가? 외모나 은행 잔고인가? 지금 이 순간에 당신의 행복을 방해하는 것이 정확히 무엇인가? 세계의 정세인가, 아버지의 건강인가? 당신의 행복을 방해한다고 여겨지는 모든 것을 찾아내 글로 써보라. 그리고 하나하나에 네 가지 질문을 적용해 보라.

지금 이 순간 행복을 방해하는 것에 네 가지 질문을 적용해서 면밀하게 조사해 보면 내가 꾸민 이야기는 진실의 빛에 순식간에 녹아 없어진다. 그럼 행복이 자연스레 뒤따른다. 행복해지려고 기를 쓰고 노력할 필요가 없다. 행복해지겠다고 노력한다고 행복해지는 것은 아니다. 우리는 행복 자체이기 때문에 행복할 뿐이다. 행복은 우리의 본성이다.

우리는 세상을 있는 그대로 보지 않는다.
우리 생각의 틀에 맞춰 세상을 본다.

정신 세계
우리는 정신의 세계에서 살아간다. 생각 이외에 어떤 것도 우리 행복을 방해할 수 없다는 뜻이다. 외부 상황이나 사건은 우리 행복을 방해할 수 없다. 그것은 우리가 꾸며낸 이야기일 뿐이다. 그러나 내 말을 무작정 믿지 말고, 이 놀라운 말을 직접 몸으로 경험해 보기 바란다.

직접 경험할 수 있는 방법은 하나밖에 없다. 먼저, 지금 이 순간 당신의 행복을 가로막는 모든 것을 써보고, 당신이 꾸며낸 이야기를 철저하게 검토해 보라. 진실이 무엇인지 찾아보라. 심리학자를 찾아가도 당신 이야기를 해보라고 할 것이고, 정신과 의사를 찾아가도 당신 이야기를 해보라고 할 것이다. 또 친구를 찾아가 푸념해도 당신 이야기부터 해보라고 할 것이다. 모두가 당신 이야기를 알고 싶어 한다. 그러나 최고의 스승과 친구는 당신 이야기를 객관적으로 조사하는 데 도움을 주고, 그 이야기가 진실인지 아닌지 판단하는 데 도움을 주는 사람이다. 따라서 위의 네 가지 질문을 차근차근 해보고, 당신을 옭아매는 그물에서 해방돼라.

당신의 이야기를 써두고 네 가지 질문에 답해 보면 당신을 짓누르고 있는 미망(迷妄)이 뭔지 알아낼 수 있다. 지금 당신의 행복을 가로막는 착각이 뭔지 알아낼 수 있다. 직접 그 답을 찾아보라. 이 세상에서 지금 이 순간에 당신의 행복을 방해하는 것이 있는지 직접 알아보라.

거듭 말하지만, 다른 것은 없다. 외적인 상황이나 사건은 우리 행복을 방해할 수 없다. 우리가 꾸며낸 이야기만이 우리 행복을 방해할 뿐이다. 내 말을 무작정 믿지 말고, 내 말이 진실인 것을 직접 확인해 보기 바란다.

세 번째 유형의 이야기

우리 행복을 먹구름처럼 가로막는 또 다른 유형의 이야기가 있다. 원망스런 과거를 떨쳐내지 못한 채 과거의 상처를 되새기는 부정적인 이야기이다.

과거에 겪은 상처를 지금도 이야기한다면 그 상처가 지금 이 순간에도 당신을 괴롭힌다는 뜻이다. 당신이 지금 느끼는 불행은 바로 지금 이 순간의 것이기 때문이다. 미래를 걱정하는 경우와 마찬가지로 과거의 상처가 지금 당신을 괴롭히는 셈이다. 과거의 모든 경험이 지금 이 순간에도 살아 있는 셈이다. 경험은 현재에 존재할 뿐이다. 이는 자명한 진리다. 존재하는 것은 오직 현재뿐이기 때문이다. 과거와 미래는 지금 이 순간 우리 머릿속에 떠오른 생각일 뿐이다. 따라서 당신이 어떤 이야기를 꾸미든 간에 당신의 이야기도 지금 이 순간의 것이다. 물론 긍정적인 이야기도 마찬가지다. 즐거운 기억과 바람직한 기대감도 현재의 생각이고, 현재의 경험이다. 유쾌한 기억과 즐거운 기대감은 행복한 생각이기 때문에 잘잘못을 따질 필요가 없다. 따라서 당신의 진정한 행복을 가로막는 먹구름을 걷어내고 정신을 맑게 하기 위해서는 과거의 아픈 상처를 되살리는 기억이 지금 당신에게 어떤 영향을 미치는지 살펴봐야 한다. 과거의 상처에 연연할 때 어떤 기분이고, 현재의 선택과 행동에 어떤 영향을 미칠까?

이 질문에 정확히 대답하려면, 당신이 지금까지 살아온 삶을 최대한 자세히 돌이켜보면서 불편한 부분들을 찾아 자세히 기록해 보라. 지금 당신을 괴롭히는 사건들로 꾸며낸 이야기를 써두고, 바이런 케이티의 네 가지 질문을 활용해서 잘잘못을 자세히 분석해 보라. 그리고 그 결과를 보라!

기억은 어떤가?

현재만 존재한다면 기억과 기억의 역할은 어떻게 될까? 내가 구태여 이런 질문을 제기하는 이유는, "지금은 내가 아무렇지도 않게 말하지만……"으로 시작해서 그가 내 곁을 떠났을 때 나는 슬픔을 견딜 수 없었다', '그녀가 내 돈을 훔쳐 달아났을 때 나는 처음부터 다시 시작해야 했기 때문에 화를 참을 수 없었다', '회사가 파산했을 때 나는 낙담해서 신경쇠약까지 걸렸다', '아버지가 죽었을 때 나는 몇 주를 울면서 지냈다'라는 반응을 보이는 사람이 적지 않기 때문이다.

위의 말을 뜯어보면, 하나의 문장에 두 가지 정보가 담긴 것이 눈에 띈다. 하나는 앞에 나오는 실제 사건, 즉 '그가 내 곁을 떠났다', '그녀가 내 돈을 훔쳐 달아났다', '회사가 파산했다', '아버지가 죽었다' 등이 사실이다. 실제로 일어난 사건에 대한 기억이다.

그러나 뒷부분은 약간 다르다. 사실이라기보다는 우리가 그 사건에 덧붙인 이야기에 가깝다. 이런 유형의 기억은 우리에게 일어난 사건에 대한 해석이다. 달리 말하면, 사건의 의미를 우리 나름대로 해석한 이야기이고, 삶에 대한 우리의 믿음에서 꾸며진다. 따라서 '그가 내 곁을 떠났을 때 나는 슬픔을 견딜 수 없었다', '그녀가 내 돈을 훔쳐 달아났을 때 나는 처음부터 다시 시작해야 했기 때문에 화를 참을 수 없었다', '회사가 파산했을 때 나는 낙담해서 신경쇠약까지 걸렸다', '아버지가 죽었을 때 나는 몇 주를 울면서 지냈다'라고 말하는 것이다. 요컨대 실제로 일어난 사건과 그 사건에 대한 우리 해석으로 이루어진 문장이며, 여기에서 하나의 이야기가 꾸며진다.

● 그가 내 곁을 떠났을 때 나는 슬픔을 견딜 수 없었다. 이 이야기는 다음과 같은 믿음을 기초로 꾸며진 이야기일 수 있다.

– 혼자인 것이 두렵다.

– 결혼한 부부는 언제나 함께 지내야 한다.

– 나는 혼자서 살아갈 수 없다.

– 나에게는 그의 사랑이 필요하다.

● 그녀가 내 돈을 훔쳐 달아났을 때 나는 처음부터 다시 시작해야 했기 때문에 화를 참을 수 없었다. 이 이야기는 다음과 같은 믿음을 기초로 꾸며진 이야기일 수 있다.

– 사람은 정직하게 살아야 한다. 도둑질하면 안 된다.

– 모든 걸 처음부터 다시 시작하는 것은 부당하다.

– 그녀는 내 돈을 가질 권리가 없다.

– 그녀는 내 돈만을 탐한 나쁜 여자였다.

● 회사가 파산했을 때 나는 낙담해서 신경쇠약까지 걸렸다. 이 이야기는 다음과 같은 믿음을 기초로 꾸며진 이야기일 수 있다.

– 회사가 파산해서는 안 된다.

– 파산은 나쁜 것이다.

– 경제적으로 안정되지 않고는 행복할 수 없다.

– 행복하기 위해서라도 돈벌이에 성공해야 한다.

- 아버지가 죽었을 때 나는 몇 주를 울면서 지냈다. 이 이야기는 다음과 같은 믿음을 기초로 꾸며진 이야기일 수 있다.
  - 내 아버지는 영원히 살았어야 했다.
  - 죽음은 잔혹하다.
  - 아버지의 사랑과 지원 없이 나는 혼자서 살아갈 수 없다.
  - 내 아버지는 그렇게 고통받지 않았어야 했다.

위의 예에서 분명히 확인되듯이, 어떤 사건이 닥칠 때 우리는 선입견에 기초해서 그 사건에 그럴듯한 이야기를 덧붙인다. 그 후 그 사건을 기억할 때마다 우리에게 그 사건은 특별한 의미를 갖고, 감정적 부담까지 안겨준다. 우리가 세상을 살아가면서 흔히 겪는 일이다. 이렇게 한다고 기본적으로 잘못된 것은 없다. 하지만 그 사건으로 꾸며낸 이야기가 우리를 괴롭히고 행복한 삶을 방해한다면 문제는 달라진다.

이처럼 우리가 꾸며낸 이야기와 기억이 고통과 번민을 안겨준다면 그 이야기와 그 이야기 뒤에 감춰진 믿음에 바이런 케이티의 네 가지 질문을 적용해서 면밀하게 살펴볼 필요가 있다.

생각이 모든 고통의 원인이다. 다른 원인은 없다!

외부 상황이 나에게 영향을 미칠 수 있을까?

우리 이야기를 철저하게 조사해 보면, 어떤 경우에나 사건이 있고 그 사건에 대한 우리 해석이 더해진다는 것을 확인할 수 있다. 그러나 이런 해석의 진위를 따져보면 "우리 생각만이 우리에게 영향을 미친다"라는 말이 분명하게 이해된다. 어떤 사건이든 사건 자체는 중립적이다. 어떤 사건도 그 자체로는 아무런 의미를 갖지 못한다. 충격적으로 들리겠지만 엄연한 사실이다.

진실은 사건이 일어났다는 사실뿐이다. 어떤 사건에 대한 우리 경험은 우리 믿음과, 그 사건의 잘잘못에 대한 우리 해석의 결과에 불과하다. 우리는 우리 생각을 경험할 뿐이다. 달리 말하면, 우리가 경험하는 내용은 그 사건의 의미에 대한 우리 해석에 불과하다. 모든 일이 그렇고, 우리 삶이 그렇다. 우리가 살아가는 세상도 다를 바가 없다. 그 밖의 것은 없고, 있을 수도 없다.

따라서 우리가 어떤 사건을 나쁘다고 믿으면 우리는 실제로 나쁜 방향으로 경험한다. 반대로 우리가 어떤 사건을 바람직하다고 믿으면 우리는 실제로 좋은 방향으로 경험한다.

요컨대 외부의 상황과 사건 또는 사람이 영향을 미칠 수 있다고 믿을 때만 우리에게 영향을 미칠 수 있다. 이른바 위약효과(Placebo Effect)와 비슷하다. 설탕 덩어리에 불과한 가짜 약이라도 두통을 없애줄 거라고 믿으면 진짜로 두통이 사라진다. 우리 삶에서 모든 것이 그런 식이다.

우리는 우리가 믿는 만큼 얻는다.

따라서 다음과 같은 결론이 내려진다. 어떤 사건이 우리에게 영향을 미칠 거라고 생각할 때에만 우리에게 영향을 미친다. 그러나 진실은 생각을 제외하고는 어떤 것도 우리에게 영향을 미치지 못한다. 충격적이고 놀랍게 들리겠지만 이 말에 담긴 의미는 대단한 파괴력을 갖는다. 이 말을 구체적으로 표현해 보자.

– 어떤 것이 내게 영향을 미칠 수 있다는 것은 내 생각일 뿐이다. 그 생각이 내게 영향을 미친다!

– 어떤 사람이 내게 영향을 미칠 수 있다는 것은 내 생각일 뿐이다. 그 생각이 내게 영향을 미친다!

– 날씨가 내게 영향을 미칠 수 있다는 것은 내 생각일 뿐이다. 그 생각이 내게 영향을 미친다!

– 당신이 내게 영향을 미칠 수 있다는 것은 내 생각일 뿐이다. 그 생각이 내게 영향을 미친다!

– 내 몸이 내게 영향을 미칠 수 있다는 것은 내 생각일 뿐이다. 그 생각이 내게 영향을 미친다!

– 외부의 힘이 내게 영향을 미칠 수 있다는 것은 내 생각일 뿐이다. 그 생각이 내게 영향을 미친다!

어떤 것도 우리에게 영향을 미칠 수 없다. 우리가 그렇게 생각하기 때문에 외부에서 영향을 받을 뿐이다.

우리는 믿는 만큼 얻는다.

안타깝게도 우리는 집단 몽유병자처럼 이런 진실을 깨닫지 못하고 있다. 다른 사람이나 사건, 상황이 우리를 지배한다는 몽상에 사로잡혀 헤매고 다니는 집단 몽유병자와 비슷하다. 우리 모두가 의심

없이 받아들이는 집단 거짓말이다. 우리는 이런 몽상이 거짓말이라는 사실을 깨달을 때까지 지금처럼 고통받고 사는 것이 당연하다고 생각한다. 거짓말이 완벽하게 꾸며지고 다듬어져서, 사각형이 원으로, 꿈이 현실로 둔갑해 버렸다. 그러나 진실은 그렇지 않다. 우리 생각을 제외하고 어떤 것도 실체가 아니다. 어쩌면 생각조차도 실체가 아니다. 그럼 생각은 무엇인가? 생각은 생각일 뿐이다. 지금까지 누구도 생각을 명확히 정의해 준 적이 없다!

당신이 여기에 존재하는 모든 것이고, 당신 생각이 당신의 경험 자체라는 것만이 진실이다. 그 밖의 다른 것은 없다. 생각을 없애보라. 그럼 무엇이 남는가? 어떤 경험이 남는가? 모든 것이 복잡한 생각에서 비롯된다.

생각이 시작될 때 세상이 시작된다.

당신이 생각을 시작할 때 당신의 세상이 시작된다.

이 말이 놀랍게 들린다면 당신이 아직 이 진실을 이해하지 못했다는 증거다. 분명히 말하지만, 생각에서의 탈출이 완전한 자유를 얻는 지름길이다.

따라서 완전한 자유, 즉 진정한 행복을 원한다면 정신을 바짝 차리고 이런 생각들을 마음대로 조절할 수 있어야 한다. 누구도 당신을 대신해서 해줄 수 없는, 당신만이 해낼 수 있는 일이다. 이 진실을 당신 것으로 만든다면 그 후로는 누구도 당신에게서 그 깨달음을 빼앗아갈 수 없다!

에너지를 빼앗는 사람

이쯤 되면 우리는 과거에 검증 없이 받아들인 모든 믿음에 의심을 품어봐야 한다. 예컨대 '다른 사람이 우리 에너지를 빼앗아간다는 말이 진실일까?'라는 의문을 품어보자. 사람들은 "저 친구는 에너지를 뺏는 놈이야!", "나는 저 여자랑 함께 있고 싶지 않아. 내 에너지를 갉아먹거든", "엄마랑 같이 있으면 에너지가 빠져나가는 것 같아", "저 여자랑 같이 있으면 기운이 빠져!"라고 습관처럼 말한다. 그러나 이런 말이 진실일까? 다른 사람이 정말로 우리 기를 죽이고 에너지를 빼앗아갈 수 있을까? 정말 그렇다면 그들이 어떻게 우리 에너지를 빼앗아갈까? 언젠가 내가 이 문제의 전문가라는 한 여자에게 그 현상을 설명해 달라고 부탁하자, 그 여자는 한 손을 목까지 올리면서, 에너지를 빼앗는 사람이 보이지 않는 에너지 흡수관을 그녀의 목에 쑤셔 넣고 에너지를 빼앗아가는 거라고 말해 주었다. 그럴듯해 보였고 믿겨지기도 했다. 우리 목에 관을 쑤셔 넣고 에너지를 뽑아가는 사람을 언제 만날지 모르기 때문에 우리 목숨까지 위태롭게 느껴졌다.

그러나 우리 생각 외에 우리에게 영향을 미칠 수 있는 게 없다면 어떻게 그런 일이 가능하겠는가? 누가 어떻게 우리 에너지를 빼앗아갈 수 있겠는가? 누군가를 만나면 기운이 쭉 빠진다고 말하지만 정말로 기운이 빠질까? 그 사람이나 상황에 대한 우리 생각을 떨쳐내면 무엇이 우리에게서 기운을 빼앗아가고 우리를 피곤하게 할 수 있겠는가?

다발성경화증 환자

다른 예를 들어보자. 내 친구 도로시는 50대 후반이다. 도로시는 결혼해서 두 아이를 낳았고, 이제는 할머니가 됐다. 그런데 다발성경화증을 앓아 휠체어 신세를 지고 있다. 혼자서는 일어서지도 못하고 걷지도 못해 욕실에도 혼자 가지 못한다. 또 두 손을 거의 사용하지 못해 옷조차 혼자서 입지 못한다. 책을 쥐고도 몇 분을 버티지 못한다. 도로시는 특수한 아파트에 살며, 사회봉사요원들에게 24시간 보호를 받는다. 누군가가 침대에서 일으키고 뉘어주며, 화장실에 데려가 씻기고 옷을 입혀줘야 한다. 물론 휠체어에도 앉혀줘야 한다. 또 먹을 것을 갖고 와 먹여주는 사람이 따로 있고, 저녁이 되면 다른 또 봉사요원이 와 옷을 벗겨주고 침대에 눕힌다. 때로는 그녀를 휠체어에 앉히고 바깥 나들이를 하거나 행사에 참석하는 경우도 있다.

위의 경우에 비추어보면, 우리는 '도로시의 삶이 행복할까? 다발성경화증 환자로 심한 장애를 지녔는데, 그런 삶을 행복하다고 말할 수 있을까?' 라는 의문을 갖게 된다. 도로시도 우리와 똑같은 의식구조와 정신구조를 지녔을 텐데 말이다. 하지만 그녀의 생각 이외에 어떤 것도 그녀의 현실에 영향을 미칠 수 없다면…… 도로시가 행복한 삶을 사는 데 방해하는 것이 무엇이겠는가?

몬테크리스토 백작

몬테크리스토 백작이나, 관타나모 수용소에 수감된 죄인들은 어떨까? 그들은 행복한 삶을 살 수 있을까? 나는 극단적인 상황에서 이 원칙을 시험해 보고 싶다. 정신과 의식이 모든 것이라면 이 원칙은 어떤 상황에나 적용돼야 하기 때문이다.

몬테크리스토 백작을 기억하는가? 알렉상드르 뒤마(Alexandre Dumas)가 쓴 동명 소설에 나오는 에드몽 당테의 무시무시한 이야기이다. 에드몽은 누명을 쓰고 지중해의 외딴 섬에 있는 이프 성에 14년 동안이나 갇혀 지냈다. 왜 이 이야기가 우리 마음을 사로잡는 것일까? 우리가 그런 상황에 처하면 어떻게 견딜지 궁금하기 때문일 것이다. 에드몽은 14년 동안이나 독방에서 외롭게 지냈고, 다른 할 수 있는 일도 없었다. 이런 상황에서 행복한 삶이 가능할 수 있을까? 관타나모 수용소의 수감자들은 어떨까? 그들도 행복하게 살 수 있을까?

이런 이야기는, 제 발로 산으로 들어가 세상과 철저히 담을 쌓은 채 수십 년 동안 동굴에서 명상하며 지낸 밀라레파를 비롯한 티베트의 위대한 스승들의 이야기와 다르다. 그들도 철저히 고립된 삶을 살았지만 자유 의지로 그런 삶을 택했다. 그들은 세상과 담을 쌓고 외부의 유혹을 멀리할 수 있기를 바랐다. 그들에게 격리는 행복한 생각이었다. 반면에 대부분의 수감자에게 격리는 행복한 생각이 아니다. 그러나 이런 생각의 차이를 제외하면, 우리 눈에 그 둘은 똑같이 격리된 존재로 보일 뿐이다. 또한 똑같은 일을 하면서도 완전히 다르게 반응하는 사람들도 주변에서 흔히 눈에 띈다. 그들에게 닥친 상황을 다른 식으로 해석하기 때문에 다르게 반응하는 것이다.

우리가 처음에 제기한 "우리의 행복과 불행을 결정하는 것은 무엇인가?"라는 질문에 비추어 이런 극단적인 상황을 곰곰이 생각해보면 무척 흥미롭다. 우리의 행복과 불행은 우리에게 닥친 상황을 어떻게 생각하느냐에 따라 전적으로 결정된다는 사실이 재확인되기 때문에 나는 '정신이 모든 것이다'라는 결론을 내릴 수밖에 없다.
한마디로, 정신이 행복과 불행을 좌우하는 결정적 요인이다!

마음속으로라도 불행을 생각하면
행복이 우리 안에 들어설 자리가 없다.

5장

쓸데없이
남의 일에 참견하지 말라

Are You
Happy Now?

힘들고 불행한 다섯 번째 이유는
남의 일에 쓸데없이 참견하기 때문이다

남의 일에 참견하는 것은 불행으로 가는 지름길이다. 따라서 행복하게 살고 싶다면, 이 말을 항상 기억하며 '혹시 내가 누구 일에 참견하고 있지는 않은가?' 라는 질문을 거듭해 보라.

'남의 일에 참견하다' 라는 말이 정확히 무슨 뜻일까?

자신의 일에 집중할 때 우리는 우리 자신을 책임지고 돌보는 일을 한다. 우리만의 공간에 있으면서 우리 안팎에서 일어나는 일에 집중하며, 모든 일을 우리에게 좋은 방향으로 끌어가려 애쓴다. 우리가 알고 느끼며 사랑하는 모든 것에 근거해서 가능한 한 최선의 결정을 내리고 최선의 방향으로 행동하려 노력한다.

남의 일에 참견하는 순간 우리는 그의 공간에 들어가서, 상대방이 느끼고 생각하며 행동할 것을 우리 머릿속으로 생각하거나, 그것에 대해 그의 면전에서 큰 소리로 말하게 된다. 만약 당신이 이렇게 하고 있다면 남의 일에 참견하고 있는 것이다. 결국, 남의 일에 참견한다는 것은 그가 우리에게 도움이나 조언을 구하지 않았는데도 그의 공간에 침범한다는 뜻이다.

따라서 '내가 지금 누구의 일에 몰두하고 있는가? 내 일에 신경을 쓰는가, 남의 일에 신경을 쓰는가? 지금 나는 누구를 위해서 판단을 내리고 결정을 내리고 있는가? 나를 위한 행동인가, 남을 대신한 행동인가? 지금 나는 누구를 걱정하고 있는가? 지금 나는 누구를 생각하고, 누구를 위해 계획을 세우며, 누구를 염려하고 있는가?' 라는 질문을 자신에게 거듭해서 던져야 한다.

이쯤 되면 당장 이 책을 덮고 다음과 같은 질문을 하고 싶은 사람이 있을 것이다. 지금 내 머릿속에는 누가 있는가? 나는 지금 누구를 걱정하는가? 배우자, 부모, 친구, 자식 등을 걱정하고 있지는 않은가? 궁극적으로 결정을 내릴 사람은 내가 아닌데도 내가 괜히 그의 영역까지 침범해서 머릿속으로 판단을 내리고 조언하려는 것은 아닐까?

이런 식으로 생각을 이어가는 것은 무척 흥미롭다. 또 우리가 하루를 보내면서 가족과 친구 및 직장 동료들과 어떻게 지내는지 객관적으로 관찰해 보는 것도 무척 흥미롭다. 학교에서는 이런 식으로 배워본 적이 없을 테니 이런 제안이 새롭게 여겨질 것이다. 자신이 무엇을 어떻게 하고 있는지 정말로 알고 있는 사람은 거의 없다. 그러나 행복한 삶을 살고 싶다면 이 메커니즘을 분석해 봐야 한다.

자신만이 아니라 다른 사람까지 해방시키는 최고의 방법은 '각자가 자신의 일에 집중하는 것'이다. 당신이 지금 무엇을 하고 있으며, 당신의 공간에서 언제 벗어나는지 눈여겨보라. 다른 사람에 대한 당신 생각의 투영을 거둬들이려고 의식적으로 노력해야 한다. 그리고 당신 자신에게 집중하라!

이 메커니즘을 이해하고 우리가 지금 무엇을 하고 있는지 눈여겨보기 시작하면, 우리가 의외로 많은 시간을 우리만의 공간을 벗어나 남의 일에 참견하고 있다는 사실에 놀라지 않을 수 없다. 그렇더라도 실망할 것은 없다. 이 메커니즘의 존재를 알았다는 것만으로도 변화의 원동력이 될 수 있다. 우리가 지금 무엇을 하는지 의식하기 시작하면 투영을 거둬들이는 메커니즘이 자동적으로 작동한다. 그와 동시에, 우리가 다른 사람들에게 바람직하다고 강요하는 생각마저도 거둬들여 그들이 스스로 결정하도록 내버려둔다. 이 메커니즘을 깨닫는 순간, 그들에게 진정으로 바람직한 것이 뭔지 우리가 알수 없다는 사실이 명백해지기 때문이다.

내 경험에 따르면, 우리가 다른 사람을 위해 뭔가를 할 수 있다는 생각 자체가 고통과 번민을 안겨주는 원인이다.

그럼, '당신은 누구의 문제에 몰두하고 있는가? 남의 일인가, 당신의 일인가?' 라는 의문이 남는다.

누구의 문제인가?

남의 일에 참견하는 습관에서 살펴봐야 할 또 하나의 문제가 있다. 남의 일에 참견하는 동안 당신의 문제는 누가 신경을 쓰는가?

나는 이 관계를 이해하는 데 많은 시간이 걸렸다. 그러나 이 관계를 이해하고 나자 커다란 안도감이 찾아왔다. 남의 일이 아닌 자기 일에 몰두하는 시간만큼이나 자유롭고 자극적인 시간은 없기 때문이다. 거꾸로 말하면, 남의 일에 간섭하느라 떠안아야 하는 정신적이고 감정적인 고통을 끊어낼 수 있기 때문이다.

그러나 자신의 일에 몰두하는 방법에도 훈련이 필요하다. 남의 일에 간섭하는 것도 정신적 습관이기 때문이다. 이런 나쁜 습관을 버리고 싶다면 당신의 행동을 유심히 관찰해야 한다. 당신이 남의 일에 끼어들려 할 때마다 스스로를 돌아보는 시간을 가져야 한다.

무엇보다 그런 습관을 인식하는 것이 급선무다.

착한 사람이 되고 싶어서

왜 남의 일에 간섭하는 데 그처럼 많은 시간과 정력을 허비했을까? 나는 그 이유를 분석한 끝에, 그런 습관이 '착한 사람' 증후군과 밀접한 관계가 있다는 사실을 깨달았다. '착한 사람'이 된다는 것은 다른 사람들을 걱정하고, 돌봐주려고 애쓴다는 뜻으로 많은 사람이 해석하지만, 잘못된 해석이다. 나도 예전에는 그렇게 생각했기 때문에 모든 일을 배우자의 입장에서, 아이들의 입장에서, 혹은 친구들의 입장에서 '어림짐작'하려고 애썼다. 정말 짊어지기 힘든 짐이었다! 이런 사고방식은 내게 걱정거리만 안겨주었다. 내가 아무리 노력해도 상대의 마음을 완벽하게 이해할 수는 없었기 때문이다.

당신도 그렇지 않은가?

착한 사람이 되려면 모든 상황을 통제해서 남들이 무엇을 원하는지 정확히 파악해야 한다고 생각하는가? 하지만 누가 그럴 수 있을까? 다른 사람은 고사하고 우리 자신이 무엇을 원하고, 누구인지조차 정확히 알기 어렵다. 결국, 다른 사람이 원하는 것을 알려는 노력은 부질없는 몸부림이었고 애초부터 불가능한 일이었다는 사실을 나는 절실하게 깨달았다.

당신은 그렇게 안달해서 무엇을 얻었는가? 당신은 아무런 성과를 거두지 못했을 것이다. 오히려 그들의 화만 부채질했을 것이다. 남의 일에 참견한다는 것은, 그가 자기만의 생각을 갖지 못한 사람이라고 말하는 것이나 똑같다. 또 그가 자신을 관리할 만큼의 지능을 갖지 못한 사람이라고 말하는 것과도 같다. 따라서 그에 대한 심한 모욕일 수 있다. 나는 다른 사람에게 그런 취급을 받고 싶지 않다. 그런데 내게 다른 사람을 그렇게 취급할 권리가 있을까? 자식이나 배우자처럼 사랑하는 사람은 그렇게 취급해도 괜찮은가? 이런 메커니즘을 이해한다면 이런 믿음과 행동이 행복하고 조화로운 삶에 있어 얼마나 터무니없이 잘못된 짓인지 실감할 수 있을 것이다.

그러나 안타깝게도 많은 사람이 걸핏하면 남의 일에 간섭하고 나선다. 자신의 일을 처리하기도 바쁠 텐데 말이다. 우리가 남의 일에 간섭하면서 자신과 다른 사람을 거북하게 해왔기 때문에 비난받아 마땅하다고 말하려는 것은 아니다. 다만, 우리 자신을 유심히 관찰하면서 이 메커니즘을 눈여겨본다면 우리가 어떻게 행동하는지 깨닫게 될 거라는 뜻이다. 이런 단계에 이르면, 우리 생각과 행동이 자연스레 조절된다. 앞에서 말했듯이, 우리는 자신의 생각을 검증하지 않고 무의식적으로 남의 일에 간섭한다. 따라서 이런 습관을 인식하는 것이 문제 해결을 위한 첫 걸음이다. 특히 당신이 '피플 플레저'라면 더욱 그렇다.

불시 점검

매일 불시에 점검해 보자. 하던 일을 멈추고 '지금 내가 누구의 일에 신경 쓰고 있는가? 나만의 공간에 있는가, 아니면 다른 사람의 공간을 침범하고 있는가?'라고 자신에게 물어보자. 또 다른 사람에게 필요한 최선의 방법을 안다는 생각이 들면, '내가 그에게 최선인 것을 정말로 알고 있을까?'라고 물어보자.

이쯤 되면, 다른 사람도 어떻게 이런 덫에 빠지는지 눈에 들어온다. 특히 부모가 이런 덫에 쉽게 빠진다. 물론 자식이 어릴 때는 자식을 돌보는 게 부모의 '일'이다. 그러나 자식이 성장하면 부모는 자식에게 행동의 재량을 주며 가능한 한 자식의 일에 참견하지 않으려 애쓴다. 이런 것이 바로 지혜로운 부모의 역할이다. 그럼에도 불구하고 권위를 가진 사람들이나 조부모, 학교 교사도 다른 사람의 일에 참견하는 선수들이다. 물론 그들이 사회에서 맡은 역할이 크다는 점을 고려하면 그들의 이런 행동을 이해 못할 바는 아니다.

그러나 행복한 삶을 살고 싶다면 다음과 같은 점을 반드시 기억해야 한다.

- 마음속에서 모든 사람을 해방시켜라.
- 다른 사람의 스스로 결정할 권리를 존중하라.

- 다른 사람도 원하는 것을 하고, 그 결과를 경험하도록 해줘라.
- 다른 사람의 말이나 행동에 집착하지 마라.
- 다른 사람을 소유하려 하지 마라.
- 당신이 좋아하고 싫어하는 것을 다른 사람까지 좋아하고 싫어하도록 조종하려고 하지 마라.
- 당신 자신에게 집중하라.
- 당신의 공간에서 벗어나지 마라.

간단히 말해서, 당신의 일에 집중하라!

부모와 자식 간의 관계

그럼, 자식을 보호하려는 부모의 마음은 어떻게 해석해야 할까? 고통받고 있다고 여겨지는 자식을 위해 부모는 어떻게 해야 할까? 물론 앞에서 말한 대로 자식을 사랑하고 부양하는 것이 부모의 일이다. 또 자식에게 먹을 것과 입을 것 그리고 잠 잘 곳을 제공하고, 이 세상에서 최대한 능력을 발휘하며 살아가도록 가르치는 것도 부모의 일이며, 도리이기도 하다. 이는 누구도 부인할 수 없는 사실이다. 그러나 한 인간이 다른 인간을 고통에서 구한다는 게 가능한 일인지 자문해 봐야 한다. 우리가 어떤 사람의 운명적인 삶을 좌지우지할 수 있을까? 다른 사람의 정신을 조종해서 그가 실제로 보고 경험하는 것을 다른 식으로 보고 경험하도록 바꿔갈 수 있을까?

누구나 자신의 눈을 통해서 세상을 관찰하고 경험한다. 부모라도 자식이 어떤 생각을 하고 무엇을 경험하는지 알 수 없다. 자식도 어차피 남이기 때문이다. 또 이것이 세상의 진리이기 때문이다. 부모와 자식이 사랑과 친밀감으로 맺어졌더라도 자식이 무엇을 보고 생각하며 느끼고 살아가는지 부모는 알 수 없다. 부모와 자식 사이도 이럴진대 다른 사람에게 좋은 것을 우리가 어떻게 알 수 있겠는가?

그러나 또 하나의 의문이 생긴다. 부모는 자식이 자신과 똑같은 '실수'를 저지르는 걸 원하지 않는다고 흔히 말한다. 그러나 이 말도 곰곰이 따져볼 필요가 있다. 실수라는 것은 무엇일까?

3장 '비판이라는 선물'에서 말했듯이, 애초부터 실수라는 것은 없다. 행동과 그 행동의 결과만 있을 뿐이다. 실수는 어떤 행동과 그 결과에 대한 누군가의 부정적 해석에 불과하다. 따라서 우리는 마음에 흡족하지 않은 행동이나 선택을 실수라고 한다. 반대로 결과가 만족스러우면 훌륭한 선택이었다고 말한다. 그 이상도, 그 이하도 아니다.

그런데 왜 우리는 자식이 자신의 결정에 따라 행동하고 그 결과를 경험하도록 내버려두지 않는 것일까? 행동하고 그 결과를 경험하지 않으면 그들이 달리 무엇을 배우고, 무엇을 할 수 있겠는가? 경험하면서 인간은 조금씩 지혜로워지는 법이다. 다른 방법은 없다. 우리는 지금의 지혜를 어떻게 얻었는가? 직접 보고 경험하면서 터득한 지혜가 아니었는가? 그런데 왜 다른 사람, 특히 자식에게서 그 소중한 경험을 빼앗으려 하는가?

게다가 우리가 원하는 방향으로 자식을 끌어가려고 아무리 발버둥쳐도 사실상 불가능하다. 우리 뜻대로 자식을 끌어가려는 욕심은 바람을 멈춰보려는 욕심과도 같다. 누구도 바람을 멈출 수는 없다. 어쩌면 우리 모두를 위해 다행일 수 있다. 우리는 각자의 삶을 온전히 짊어지고 살아가야 한다. 삶이 어떤 형태를 띠더라도 나의 삶은 내가 살아갈 몫이다. 어떤 것도 내 삶을 나에게서 빼앗아갈 수 없다. 다행히도 세상의 법칙이 그렇다. 아무리 많은 사람이 간섭해도 나의 삶은 나의 것이다!

무엇이 최선인가?

무엇이 최선일까? 하지만 그런 판단을 하려는 우리는 누구이고, 다른 사람에게 적절한 것과 그렇지 못한 것을 아는 것처럼 여기는 우리는 대체 누구인가? 내 자식이라고 해서 제대로 안다고 말할 수 있을까?…… 다른 사람에 대해 아는 것처럼 여기는 행위는 남의 일에 신경을 쓴다는 뜻이다. 결국 간섭하는 행위다! 따라서 다른 사람의 최선의 방법을 안다는 기분이 들면, '내가 정말로 무엇이 최선인지 알고 있는 걸까?'라고 자문해 보라. 또 당신에게 예언의 능력이 있는지, 사건의 끝을 꿰뚫어보는 혜안이 있는지도 자문해 보라.

그렇다고 자식과 배우자 등 다른 사람과 담을 쌓고 지내라는 뜻은 아니다. 그들에게 아무런 도움을 줄 수 없고 그들을 사랑할 수 없다는 뜻도 아니다. 함께 지내면서 도움을 주는 행위는 간섭과 다르다. 그들이 원하면 얼마든지 그들의 곁에 있을 수 있고, 그들이 원하면 얼마든지 우리 의견을 말할 수 있다. 진정으로 상대를 마음에 새겨 두고 잊지 않는다면 그가 보내는 신호를 어렵지 않게 알아낼 수 있다. 그때 다음과 같이 말한다면 우리의 진정성을 조금이라도 상대에게 전해 줄 수 있지 않을까 싶다.

- 네가 그렇게 하고 싶어 하는 마음을 이해한다. 하지만 내 경험에는…….
- 너한테는 우습게 들릴 수도 있겠지만 내 경험에는…….
- 그래, 네 뜻대로 해보거라. 그 결과도 유심히 살펴보고.

- 나도 비슷한 상황에 처했을 때 다음과 같이 했었지······.
- 과연 그 방법이 너한테 좋을지 모르겠구나.
- 내 경험에 비춰보면 그렇게 할 때 ······가 되기 십상이다. 하지만 네 뜻대로 해보거라. 그 결과도 유심히 살펴보고.
- 그 방법이 나한테는 효과가 없었다. 하지만 너한테는 맞을 수도 있겠지.
- 흥미롭게 들리는구나. 하지만 나라면 그렇게 하지 않겠다. 왜냐하면······.
- 내 생각에는 그 방법이 별로 내키지 않지만 네가 좋다면······.

좋고 나쁜 것을 누가 알까?

무엇이 최선인가를 판단하는 문제를 언급하면서 나는 스티브 하겐(Steve Hagen)의 《평이한 불교(Buddhism Plain and Simple)》에서 소개된 재밌는 우화 하나가 떠올랐다. 말을 잃어버린 중국 농부에 관한 우화였다.

이웃 사람이 농부를 찾아와 위로하자, 농부는 "이 일이 좋을지 나쁠지 누가 알겠나?"라고 말했다. 다음 날 도망친 말이 한 떼의 말을 데리고 돌아왔다. 그러자 이웃 사람이 다시 찾아와 농부에게 복도 많다고 축하해 주었다. 농부는 "이 일이 좋을지 나쁠지 누가 알겠나?"라고 대답했다.

그 후 농부의 아들이 새로 얻은 말들 중 하나를 타다가 다리가 부러졌다. 다시 이웃 사람이 찾아와 위로하자 농부는 "이 일이 좋을지 나쁠지 누가 알겠나?"라고 말했다.

그 후 군인들이 들이닥쳐 남자들을 전쟁터로 징병했다. 하지만 군인들은 농부의 아들을 면제시켜 주었다. 다리가 부러졌기 때문이다. 그 소식을 듣고 이웃 사람이 찾아와 농부에게 아들을 전쟁터에 보내지 않아 좋겠다며 축하해 주었다. 이번에도 농부는 "이 일이 좋을지 나쁠지 누가 알겠나?"라고 말했다.

우리의 진심을 보여주려면

부모는 자신이 생각하는 진실을 어떤 형태로든 자식에게 가르쳐 준다. 어쩔 수 없는 일이며 아주 자연스런 현상이기도 하다. 중단시킬 수도 없고, 방해할 수도 없으며 줄일 수도 없다. 말과 행동이 다르면서, 자식에게는 말만 듣고 행동은 보지 말라고 할 수 없다. 자식이 우리 행동을 뻔히 보고 있기 때문이다. 자식들은 우리와 우리 행동을 보고 배운다. 우리가 자식에게 실천적으로 보여주는 삶의 교훈이다. 부모와 자식의 관계에서 다른 교훈을 기대하기란 힘들다. 그것이 현실이다.

내게 충고를 바란다면, "자식을 최고의 친구처럼 대하라"고 말해주고 싶다. 자식들이 성장하면 그들의 말을 귀담아 들어라. 그들이 원하는 것을 그들에게 기대하라. 그들이 꿈을 펼치도록 도와줘라. 자식이라는 이유로 옭아매려 하면 자식은 달아나려 한다. 가까이 지내기는 해도 자유롭게 풀어줘라.

자식을 최고의 친구로 대하라.
자식이 원하는 것을 자식에게 기대하라.

당신의 지혜는 삶의 선물로서 당신에게 주어진 것이다. 지혜는 언제나 친절하다. 지혜는 언제나 우리를 올바른 방향으로 끌어가는 힘이다. 지혜는 우리를 자유롭게 해준다.

우리가 우리 자신에게 집중할 때, 요컨대 우리 일에 몰두할 때, 지혜가 모든 것을 우리 쪽으로 끌어온다. 분수를 모르고 자신의 영역을 넘어서면 실패하기 십상이다. 자기 영역을 지켜라. 그럼 세상이 우리에게 저절로 다가온다. 세상이 돌아가는 원리가 그렇다.

건전한 정신이라는 선물은 분수를 아는 것이다. 내가 누구이고, 삶이 무엇인지 아는 것이다. 또 나의 일에 집중하는 것이다.

분수를 지켜라!

원하는 곳이면 어디라도 가라. 하지만 분수를 지켜라. 어떤 사람이든 목표로 삼아라. 하지만 분수를 지켜라. 원하는 일이면 무엇이든 하라. 하지만 분수를 지켜라.

쉽고 간단한 말이지만, 이 진실을 깨닫고 직접 체험하는 데 나는 거의 평생이 걸렸다. 하지만 이 말에는 이해하기 힘든 마법이 담겨 있고, 설명하기 힘든 매력이 있다. 분수를 지켜라. 그럼 나처럼 당신도 이 마법의 힘을 경험하면서 편안한 삶을 누릴 수 있을 것이다.

"분수를 지켜라"는 말의 매력이 여기에 있다. 이 말을 당신의 최고 친구로 삼고 항상 기억하라. 분수를 지킨다는 것은 자기 일에 집중한다는 뜻이다. 분수를 지킬 때 마음의 평화까지 얻는다. 분수를 지킬 때 당신을 포함해 모두가 당신의 친구가 된다.

6장

열정을 따르고
그 결과를 받아들여라

힘들고 불행한 여섯 번째 이유는
원하지 않는 일을 하기 때문이다

왜 우리는 원하는 것을 하지 못하는 것일까? 왜 우리는 가슴을 뜨겁게 달구는 열정을 따르지 않고, 원하지 않는 것이라는 걸 뻔히 알면서도 옆길로 빠지는 것일까?

우리가 꿈을 추구하지 못하는 이유가 돈이나 자존심일까? 남들이 싫어할 거라는 두려움 때문은 아닐까? 물론 마음속의 욕망이 무엇인지 정확히 모르는 사람도 있다. 따라서 그들은 이리저리 기웃대거나 세상의 흐름에 휩쓸려 살아간다. 이런 삶을 나무랄 것은 전혀 없다. 그러나 내가 여기에서 말하려는 것은 그런 삶이 아니다. 많은 사람이 욕망을 깊이 묻어두고 발산하지 못하는 이유를 살펴보려 한다.

가령 당신이 원하는 바를 알고 있으면서도 그 욕망을 억누르고 있다면 그 이유가 뭐라고 생각하는가? 행복한 삶을 사는 법을 다루는 책에서 이런 문제를 거론하는 이유가 무엇일까? 내 경험에 따르면, 행복하고 충만한 삶은 가슴속에 묻어둔 욕망과 바람을 마음껏 발산하는 삶이기 때문이다. 욕망을 억누르며 가지 않은 길에 대해 아쉬워하는 삶은 결코 행복한 삶이 아니다.

욕망을 억누르고 있다고 생각되면 당장이라도 그 이유를 철저하게 파헤치고, 자아와 깊은 내면의 대화를 가질 필요가 있다. 특히 꿈꾸던 삶에서 벗어나 있다는 기분이 들면 더욱 그렇다. 이런 관점에서, 자아에게 충실하지 못했다는 것을 언제 어떻게 깨달았는지 곰곰이 따져보는 것부터 시작하면 무척 효과적이다.

당신이 꿈을 포기했다는 자괴감을 안겨주는 것이 무엇이었는가? 어떤 극적인 계기가 있었는가? 어느 날 아침에 잠을 깨자 당신이 잘못된 선택을 했고 마음속의 욕망을 억누르고 산다는 생각이 불현듯 들었는가? 당신이 욕망을 억누르며 살아갈 수밖에 없는 특별한 사건이 과거에 있었는가? 그 때문에 자포자기하고 더 나은 선택의 방향을 포기했던 것은 아닌가? 갑자기 이런 깨달음을 얻은 계기는 무엇인가? 죽음의 위기에서 벗어나기라도 했는가? 치명적인 병에 걸렸는가, 삶에 큰 변화라도 닥쳤는가? 사랑하는 사람을 잃었는가? 사랑하는 사람과 절교를 했는가? 실직했는가? 다른 직장으로 옮겼는가? 이제라도 삶을 돌이켜보고 점검할 시간이 됐다고 생각한 때문인가? 그래서 의자에 가만히 앉아 창밖을 내다보며, 씁쓰레한 회한에 젖어 있는가?

어쨌든 이런 기분이 밀려오면 유쾌하지 않을 것이다. 그러나 더 늦기 전에 깨달아서 다행이라고 생각하자. 이 책에서 나는 한층 의식화된 삶을 살자고 줄곧 강조해 왔다. 그러자면 우리가 처한 상황을 직시해야 한다. 현재의 상황을 직시하고 우리 자신에게 솔직해질 때 더 나은 결정을 내리고, 더 나은 방향의 선택을 할 수 있기 때문이다.

생존 문제와 경제적 압력

교육, 직업, 결혼 등 삶의 행로에서 욕망을 따르려면 많은 이유에서 갈등에 직면하게 된다. 그 중에서도 생존의 문제, 즉 경제 문제가 가장 큰 부분을 차지한다. 먹고사는 문제가 우선이기 때문에 우리 대부분은 꿈을 포기하고 살 수밖에 없다고 생각한다. 우리에게는 가족을 부양하고 자식을 돌봐야 하는 책임이 있다. 그러나 아쉬움을 완전히 떨칠 수는 없다. 몇 가지 예를 들어보자.

유능한 직장인인 가장

마이클은 삼십대 중반으로 열심히 일해 왔다. 똑똑하고 유능하기도 하다. 대기업에서 많은 봉급을 받고 있으며, 그 업계에서 성공가도를 달리고 있다. 계속 일하게 되면 최고경영자까지 꿈꿀 수 있다. 결혼도 했고, 아내가 둘째를 임신 중이다. 그들은 무척 행복하고, 얼마 전에 좋은 동네로 이사해서 큰 집도 샀다. 그런데 마이클의 꿈은 음악이다. 그는 음악을 사랑해서 콘서트에도 자주 간다. 또 최신 음반을 빼놓지 않고 구입할 뿐 아니라 음악계에 대해서도 많이 안다. 그의 꿈은 음반 제작자가 되는 것이다. 그러나 음악계에는 아는 사람이 없다. 음악계에서 일할 기회도 없었다. 이런 상황에서 마이클은 어떻게 해야 할까? 부양해야 할 가족이 있기 때문에, 지금 일하는 회사를 그만둘 처지는 아니다. 새 집을 사면서 얻은 융자도 갚아야 하고, 곧 둘째가 태어난다. 물론 누구도 그에게 새 집을 사고 둘째를 낳으라고 강요하지는 않았다. 새 집을 사고 가족을 편하게 부양하는 것이 좋은 삶이라 생각했기 때문에 그렇게 한 것이다. 그러나 음반 제작자가 되고픈 그의 꿈은 어찌할까? 어떻게 해야 가장으로서의 의무를 다하면서 꿈을 추구할 수 있을까? 형편과 욕망이 갈등을 일으키면서 그는 간혹 마음을 다잡지 못한다. 지금의 직장을 던져버릴 수도 꿈을 무작정 추구할 수도 없는 입장이다. 과연 그는 어떤 길을 택해야 할까?

치유사가 되고픈 일하는 엄마

수전은 사십대 중반으로 20년 동안 공무원으로 일해 왔다. 안정된 직장에 보수도 괜찮은 편이다. 또 노후 계획도 세워두었다. 두 아이는 십대 후반이고 남편은 엔지니어다. 교외에 있는 멋진 집에서 살고, 여름 별장을 구입할 돈까지 저축하고 있는 중이다. 그런데 2년 전부터 수전은 대체의학에 관심을 가졌고, 관련된 강의를 열심히 들었다. 또 요가 수행을 하고, 건강식을 섭취하기 시작했다. 얼마 전에는 치유 마사지에 재능이 있다는 걸 깨닫고, 배운 것을 본격적으로 활용하고 싶어 한다. 그럼, 그 좋은 공무원 자리를 버리고 마사지 치유실을 차려야 할까? 남편이 반대하면 어떻게 하나? 경제 사정이 나빠져서 여름 별장을 사려던 계획까지 무산되지 않을까? 친구들과 가족은 뭐라고 말할까? 공무원 생활을 계속하면서 꿈을 실현하는 방법은 없을까? 개인적 사정과 욕망이 갈등을 일으키면서 그녀는 간혹 마음을 다잡지 못한다. 지금의 직장을 던져버릴 수도 없고 꿈을 무작정 추구할 수도 없는 입장이다. 과연 어떤 길을 택해야 할까?

이런 상황에서 어떻게 해야 우리는 더 분명한 의식을 갖고 행동할 수 있을까? 어떻게 해야 이해 관계가 충돌하는 갈등 뒤에 감춰진 메커니즘을 분명하게 이해할 수 있을까?

선택권이 누구에게 있는가?

과연 우리에게 선택권이 있을까?

위와 같은 상황을 분석할 때 가장 먼저 떠오르는 생각은 '생활방식과 가치관'이다. 생활방식과 가치관은 많은 것에 의해 결정된다. 예컨대 우리가 속한 사회, 우리 문화와 배경, 교육 수준과 종교 등이다.

그 다음으로 고려하는 것은 '우선순위'다. 어떤 일을 하고자 할 때 의식하든 의식하지 않든 모든 선택에는 책임이 따른다는 걸 알기 때문에 우리는 여러 가능성을 두고 중요성을 따지게 마련이다.

따라서 우리는 다음과 같은 점들을 곰곰이 따지게 된다.

1) 당신의 문화와 배경과 종교, 가족의 기대와 당신의 꿈 간에 충돌이 있는가?

이 질문에 많은 사람이 '그렇다'고 대답할 것이다. 당신이라면 어떤 선택을 하겠는가? 달리 말하면, 당신의 문화와 종교 및 가족이 반대하는 방향을 선택했을 때 무엇을 각오해야 하는가? 예컨대 아프가니스탄 여자들의 상황과 선택, 그리고 스칸디나비아 여자들의 상황과 선택은 무척 다를 것이다.

2) 기본적인 생존 문제인가? 당신의 열정과 기본적인 생존 문제가 상충되는가?

서구 세계 사람이라면 대체로 아니라고 대답할 것이다. 서구 사람들에게 기본적인 생존은 큰 문제가 아니기 때문이다. 실제로 대부분이 비를 피할 집을 갖고 있으며 굶주리지도 않는다. 따라서 그들은 한층 행복하고 충만한 삶을 살고 싶어 한다.

3) 행복하고 충만한 삶을 살기 위해서는 물질적 안정이 필요하다고 생각하는가?

간단하게 대답할 수 있는 문제는 아니다. 사람마다, 또 문화권마다 대답이 다를 수밖에 없다. 물질적 안정이 궁극적인 것이라 생각하는 사람도 있겠지만, 물질적 안정을 크게 중요시하지 않는 사람도 있을 것이다. 그러나 삶의 속성상 생존을 위해서는 일정한 정도의 물질적 소유가 보장돼야 한다. 물질적 안정의 기준에 대한 생각이 욕망의 추구와 관련된 선택에 큰 영향을 미친다. 특히 욕망의 추구가 돈벌이와 무관할 때는 더욱 그렇다.

위의 세 질문은 어떤 문화권에나 적용될 수 있는 일반적 성격을 띤다. 따라서 한층 의식화되고 충만한 삶을 살고자 한다면 개별적인 행동에 대해서도 깊은 사색이 필요하다. 이런 관점에서 구체적인 사례를 예로 들어보자.

의식화된 삶을 살기 위하여

이 책의 기본 전제는 "우리가 정신의 흐름과 현실의 속성을 의식하고 살아갈수록 행복한 삶을 살 가능성이 높아진다"는 것이다. 따라서 열정의 추구를 의식하며 살아가고 싶다면, 다음과 같은 질문에 구체적으로 대답하는 과정에서 실마리를 찾을 수 있을 것이다.

1) 나는 무엇을 원하는가?
2) 원하는 것을 얻기 위해서 나는 무엇을 해야 하는가?
   ① 원하는 것을 얻기 위해서 치러야 할 대가는 무엇인가?
   ② 그럴 만한 가치가 있는가?
   ③ 세상에 '공짜'는 없다는 사실을 명심하라. 모든 것에는 책임이 따른다. 달리 말하면, 인과법칙은 어디에나 존재한다.
3) 나는 무엇을 '해야만' 한다고 생각하는가?
   ① 내가 원하는 것과 내가 해야만 한다고 생각하는 것이 상충되는가?
   ② 상충된다면 충돌하는 믿음이 무엇인가? 그 믿음이 진실인가? 달리 말하면, 무엇이 현실이고, 무엇이 내가 꾸민 이야기인가?

간단한 예를 들어 위의 질문을 적용해 보자. 샬롯은 27세로 의사가 되는 게 꿈이다. 그래서 23세에 의과대학에 입학했다. 열심히 공부했고 파티에도 열심히 참석했다. 꽤 많은 시험을 통과했지만 서너 번 낙제하기도 했다. 연속으로 두 번 낙제하자 샬롯은 자신의 능력을 의심하기 시작했고, 결국 의과대학을 자퇴하고 다른 일을 찾았다. 그러나 한 해를 넘기지 못하고 샬롯은 의사가 되겠다는 꿈이 되살아났다. 샬롯은 정말로 의사가 되고 싶었다. 운명처럼 느껴졌다. 결국 샬롯은 의과대학에 복학해서 지금은 잘 견디고 있다. 의사가 되려면 어떤 힘든 과정을 거쳐야 하는지 이제는 분명히 이해하고 있기 때문이다. 샬롯은 현실적으로 변했다. 현실을 직시했다. 의사가 되려면 8~10년 동안 의과대학을 다녀야 하고 열심히 공부해서 모든 시험을 통과해야 하는 것이 현실이었다. 다른 방법은 없었다. 달리 말하면, 다른 많은 것을 포기해야 한다는 뜻이었다. 파티에도 맘대로 참석할 수 없고, 다른 과외 활동에도 참여할 수 없다. 샬롯이 진정으로 의사가 되고 싶다면, 즉 진정으로 원하는 것을 얻기 위해서는 그에 상응하는 희생을 치러야 한다.

그다지 복잡하지 않은 경우다. 내가 원하는 것이 무엇이고, 그것을 얻기 위해서 나는 무엇을 기꺼이 희생해야 하느냐는 질문에만 대답하면 충분하다.

그러나 샬롯에게 의사가 진정한 꿈이 아닌데도 '반드시' 의과대학에 진학해야 한다고 생각해 의과대학에 진학했다면 어떻게 될까? 샬롯이 부모를 즐겁게 해주기 위해서 의과대학에 진학하려는 것이라면? 샬롯의 진정한 꿈이 다른 것, 예컨대 직업 댄서가 되는 것이라면 어떻게 될까? 이런 경우면 분명 부모가 샬롯의 직업 선택을 못마땅하게 여길 것이므로 샬롯은 진정한 열정을 추구하기가 한결 어려워질 것이다. 샬롯이 대대로 의사 집안에서 태어났다면 더더욱 어렵다.

샬롯이 가족의 압력에 의해 의과대학에 진학하더라도 그런 선택은 진정한 욕구의 추구를 방해하는 잠재된 믿음 때문일 것이다. 예컨대 샬롯은 자신의 선택이 집안 식구에게 영향을 미칠 것이라 생각한다. 그녀가 가족을 기쁘게 해줄 수도 슬프게 할 수도 있다고 생각한다. 부모가 원하는 길을 선택해야만 부모에게 사랑받을 거라는 잠재된 믿음 때문에 부모를 실망시켜 부모의 사랑을 잃을 거라고 두려워할 수도 있다. 두 잠재된 믿음을 하나씩 살펴보자.

잠재된 믿음 나는 부모의 행복을 책임져야 한다.

샬롯은 '의과대학에 진학하지 않으면 엄마와 아빠가 슬퍼할 거야'라고 생각할 것이다. 그러나 샬롯은 '내 생각이 맞을까?' 하고 자문해 봐야 한다. 샬롯이 의과대학에 진학하지 않으면 정말로 그녀의 부모가 슬퍼할까? 그렇다면 이번에는 "누가 샬롯 부모의 행복을 책임지는가?"라고 물어봐야 한다. 샬롯이 정말로 부모의 행복을 책임져야 하는가? 두 분의 행복이 샬롯의 책임인가, 아니면 두 분 자신의 책임인가? 또 하나, 샬롯이 염두에 두어야 할 것이 있다. 샬롯이 부모의 행복과 불행까지 걱정하는 것은 괜스레 남의 일에 참견하는 것은 아닌가?

잠재된 믿음 내 선택이 마음에 들지 않으면 부모가 나를 사랑하지 않을 것이다. 또 내가 내 뜻대로 행동한다면 부모가 나를 사랑하지 않을 것이다.

샬롯은 '내가 의과대학에 진학하지 않으면 부모가 실망해서 나를 더 이상 사랑하지 않을 거야'라고 생각할 수도 있다. 그런데 이런 생각이 맞을까? 샬롯이 의과대학에 진학하지 않으면 부모가 정말로 그녀에게 절연을 선언할까? 이쯤 되면 '샬롯의 부모가 딸을 사랑하는 이유가 딸의 직업 선택 때문인가? 즉 샬롯이 그들의 마음에 들지 않는 결정을 내리면 차갑게 식어버리는 사랑인가?'라는 의문이 생긴다. 또한 누군가를 향한 사랑이 그의 직업 선택과 관계가 있는가 하는 의문도 생긴다. 정말로 사랑이 양 당사자의 의견 일치와 상관관계가 있을까?

나는 누군가를 사랑한다고 해서 그와 반드시 똑같이 생각해야 하는 것은 아니라는 사실을 깨닫는 데 꽤 많은 시간이 걸렸다. 나는 누군가를 사랑한다면 그 사람과 생각하는 방향도 같아야 한다고 잘못 생각하고 지냈다. 이런 잘못된 생각 때문에 나는 많은 고통을 겪었다. 내가 그 사람과 다른 식으로 생각하면서 어떻게 사랑한다고 말할 수 있겠냐는 근거 없는 믿음 때문이었다. 그러나 내가 꾸민 이야기를 떨쳐버리고 현실을 직시하게 되면서, 우리는 사람이기에 의견이 충돌할 수밖에 없고 의견 충돌은 사랑과 아무런 관계가 없다는 사실을 깨달았다.

이제 나는 의견이 다른 사람들을 사랑하면서 편하게 지낸다. 어쩌면 내가 사랑하는 사람들 모두가 나와는 다른 생각을 갖고 있을지도 모른다. 이런 깨달음은 내게 커다란 위안을 주었다. 사랑은 우리의 타고난 속성이다. 달리 말하면, 생각이나 의견과는 아무런 관계가 없다. 우리는 그저 사랑할 뿐이다. 그 이상도 그 이하도 아니다.

누가 당신을 조종하는가?

다시 샬롯의 이야기로 돌아가보자. 앞에서 제시된 질문을 곰곰이 따져보면, 우리는 다른 사람에게 조종당하고 있다는 결론에 이른다. 그러나 이 결론이 맞을까? 내 경험에 따르면, 우리는 다른 사람이 우리에게 은근히 강요하는 것, 즉 다른 사람이 우리에게 기대하는 것에 조종당할 뿐이다. 말하자면, 우리가 그들의 요구를 '의무'로 받아들이기 때문에 그들이 우리를 조종할 수 있다는 뜻이다. 또 우리를 조종하려는 사람과 똑같은 믿음과 가치관을 갖고 산다는 뜻이다. 이쯤 되면 우리의 믿음을 점검해 봐야 한다. 누가 우리를 정말로 조종하고 있는가? 다른 사람인가, 아니면 우리가 검증도 하지 않은 채 믿는 가치관인가? 진정으로 자유롭고 싶다면, 우리가 실제로 믿는 것부터 찾아내야 한다. 우리에게 고통을 안겨주는 믿음에 의문을 제기해야 한다. 다른 사람들이 우리에게 말하는 것과 우리가 믿는 것을 비교해 봐야 한다. 그들의 이야기를 곧이곧대로 받아들이고 있지는 않은가? 그렇다면 그 이유가 뭔가? 그들의 이야기가 행복한 삶을 사는 데 도움이 되는가, 아니면 당신을 억압하고 고통을 안겨주는가? 그 답을 알고 싶다면 다음과 같이 자문해 봐야 한다.

- 당신에게 무엇이 진실인가?
  다른 사람의 말은 진실이 아니다. 당신의 말이 당신에게는 진실이다. 누구도 당신에게 진실을 말할 수 없고, 말할 권리도 없다.
- 당신에게 바람직한 것은 무엇인가?
  역시, 다른 사람의 말은 당신에게 바람직한 것이 아니다. 선의

의 말이어도 마찬가지다. 누구도 당신에게 바람직한 것을 말할 수 없고, 말할 권리도 없다.

- 당신의 삶은 어떤 방향을 택해야 하는가?

역시, 누구도 당신의 삶이 어떤 방향을 택해야 하는지 말할 수 없고, 말할 권리도 없다.

- 당신은 어떤 기분인가?

다른 사람이 당신의 기분을 알 수 있을까? 단지 추측하거나, 그 사람 자신의 기분을 당신에게 투영한 것일 뿐이다. 누구도 당신의 기분이 어떠할 거라고 말할 수 없고, 말할 권리도 없다.

왜 우리가 지금의 우리이고, 왜 우리 기분이 지금과 같은지 설명하기는 쉽지 않다. 어쩌다가 지금의 우리가 됐고, 지금과 같은 기분을 느낄 뿐이다. 물론 왜 우리가 지금처럼 살아가느냐를 설명하기도 쉽지 않다. 어쩌다가 지금처럼 살아가는 것일 뿐이다. 우리가 지금처럼 살아가는 이유를 설명하거나 정당화할 수 있어야 한다는 믿음도 근거 없는 믿음이다. 꼭 설명해야 할 이유가 뭔가? 우리가 지금처럼 살아가는 이유를 정당화하고 설명할 수 있어야 한다고 누가 말했는가? 그런 것이 삶의 조건이라고 어디에 씌어 있는가? 현재의 당신을 정당화시킬 수 있어야 한다고 믿는다면 고생과 번민을 자초하는 길이다. 당신이 어떻게 당신의 현재 위치를 정당화시킬 수 있겠는가? 당신 자신에게도 제대로 설명하지 못하면서 어떻게 다른 사람의 궁금증을 만족시킬 수 있겠는가?

따라서 당신이 열렬하게 음반 제작자나 의사가 되기를 바라는 이유를 설명하고 합리화시켜야 한다고 믿는다면 온갖 조작의 희생양이 될 가능성이 크다. 그러나 현실을 직시한다면 자신의 열망을 확실하게 설명할 수 없다는 사실을 깨닫게 될 것이다. 왜 샬롯은 의사가 되기를 바랄까? 마이클이 음반 제작자가 되기를 바라고, 수전이 마사지 치유사가 되고 싶어 하는 이유는 무엇일까? 수많은 이유를 떠올릴 수 있겠지만 진실은 하나뿐이다. 왜 우리가 지금의 우리인지 누구도 알 수 없다는 것이다. 그러나 우리는 엄연히 존재한다. 이것이 현실이고 진실이다.

행복의 길

우리는 열정을 따르고 싶어 한다. 마음속에서 끓어오르는 열망이 옳은 것이라 느끼기 때문이다. 지금까지 살면서 이런 기분을 느껴보지 않은 사람은 없을 것이다. 따라서 우리는 열정을 전일성(全一性, Integrity)이라고도 한다. 열정을 인지하기란 어렵지 않다. 열정을 따르면 진정으로 편안하다. 삶이 더없이 좋고, 삶이 우리 안에서 또 우리를 통해서 거침없이 흐른다는 기분에 젖는다. 어떤 거북함이나 한계를 느끼지 않는다. 방해도 없고 의혹도 없다. 우리 안에서 삶이 자유롭게 흐르기 때문에 지극히 편안하다. 온 우주가 우리 안에서, 또 우리를 매개로 운행되는 듯하다. 그리고 그것은 사실이며, 삶의 현실이기도 하다. 삶과 흐름을 함께하면 모든 것이 우리를 통해서, 우리와 더불어 전개되기 때문이다. 그래서 열정을 따르는 삶이 올바른 길이라 느껴지는 것이다.

그러나 우리가 검증하지도 않고 믿어버리는 것들이 열정을 따라 자유롭게 살려는 의지를 꺾어버린다. 그 때문에 우리는 고통받는다. 그 때문에 불안하기도 하다. 그 때문에 '이해의 갈등'이라는 불필요한 번뇌에 시달린다. 우리 삶의 자연스런 흐름을 가로막는 것이다. 그것이 우리의 자유롭고 싶은 욕망까지 억누른다. 우주의 의지와 창조적 아름다움을 마음껏 표현하려는 의지를 방해하며 우리에게 고통을 안겨준다. 요컨대 억압이 고통이다.

이런 관계를 이해하면, 우리 마음을 뜨겁게 달구는 욕망과 열정이 우리 안에서, 또 우리를 통해서 거침없이 흐르는 삶까지 이해하게 된다. 심지어, 우리 욕망이 실제로는 우주 전체의 의지이며, 우리를 통해 드러내려는 우주의 위대한 창조력인 것을 깨닫게 된다.

듣지 못하는 고통

우리가 아무 소리를 듣지 못하면 어떤 기분일까? 우리가 내면의 목소리를 따르지 않고, 마음의 열망을 듣지 못한다면 어떻게 될까? 다른 사람이 원하는 대로 하고, 다른 사람이 요구하는 대로 하며, 검증도 되지 않은 믿음을 무조건 추종하며 산다면 어떻게 될까? 내 경험에 따르면, 검증되지 않은 믿음과 강요된 의무에 맞춰 살아가는 것은 우리가 겪는 불필요한 고통의 주된 원인이다. 내 과거에 비추어 자신 있게 그렇게 말할 수 있다. 검증되지 않은 믿음에 휩싸여 살 때는 그야말로 지옥이었다! 이처럼 우리는 무의식적으로 고통과 번민을 자초하며 살아간다. 현실을 직시하고 고통의 원인이 무엇인지 깨달아야 한다. 모든 고통의 원인은 바로 우리 자신이다!

고통의 원인은 하나뿐이며, 그 원인은 우리 자신이다.

'임종 기법'

오래 전, 내면의 목소리에 귀를 기울이고 마음에 묻어둔 열정을 따르기로 결심한 때부터 나는 '임종 기법(Deathbed Technique)'을 개발해 냈다. 불안하고 나약한 마음이 밀려올 때, 특히 다른 사람에게 거부당할지도 모른다는 두려움이 밀려오며 내 욕망에 대한 확신이 서지 않을 때 '임종 기법'은 대단한 효과를 발휘한다. 이 기법은 일종의 창조적 시각화 기법으로, 죽음을 맞았다고 상상하며 과거에 확신과 용기가 없어 포기했던 것들을 돌이켜보는 방법이다. 또 지금이 순간에 내게 최적인 길을 선택하지 않으면 죽음을 맞을 때 어떤 기분일지 상상해 보는 방법이다. 적어도 나에게는 그때마다 끔찍한 생각이 떠오르며, 의사결정이 한결 쉬워진다.

이 기법을 사용하면, 현재의 나에게 걸맞는 방향으로 나를 끌어가지 못할 때 어떤 기분일지 상상하는 데 큰 도움이 된다.

이 기법은 누구에게나 효과가 있다. 사소하지만 용기가 필요한 일상의 상황에서 결심을 굳히는 데도 이 기법을 사용할 수 있다. 평범한 예를 들어 설명해 보자. 당신이 여자이고, 여자 친구와 카페에 앉아 카푸치노를 마시고 있다고 해보자. 옆 테이블에 잘생긴 남자들이 있어, 당신은 그들과 이야기를 나누고 싶다. 하지만 면박을 당할지도 모른다는 두려움과 수줍은 성격, 또 여자는 어때야만 한다는 생각, 웃음거리가 될지도 모른다는 두려움까지 겹쳐서 선뜻 그들에게 말을 걸지 못한다. 이런 상황에 '임종 기법'을 적용하면 상당한 도움을 받을 수 있다.

이렇게 상상해 보자. 이 순간을 그냥 흘려버리면 당신이 92세가 되어 죽음을 맞게 될 때 어떤 기분일지 생각해 보자. 삶의 선물과도 같은 이상형인 남자가 옆 테이블에 앉아 있는데 거절당할지도 모른다는 두려움 때문에 그에게 말을 걸지도 못했다면, 나중에 어떻게 생각하게 될까? 그것이 두려움 때문이었다면? 큰 삶의 테두리에서 보면 오히려 부끄러운 일 아닐까? 당신이 내면의 충동에 따라 안전지역을 박차고 나온다면 어떤 피해가 있을까? 최악의 상황이 어떤 것일까? 기껏해야 옆 테이블 남자들에게 무시당하는 것이 전부가 아닐까? 기껏해야 당신과 이야기 나누려 하지 않는 게 전부가 아닐까? 설령 그렇더라도 뭐가 달라지는가? 그런 사소한 상황에서도 내면의 충동을 따르지 못하면, 어떻게 새로운 사람을 만나서 즐거운 삶을 살고 인간관계를 넓히는 기회를 살릴 수 있겠는가. 내면에서 불끈 솟는 열정을 따를 때 어떤 결과가 닥칠지 누구도 모른다. 그러나 검증되지 않은 믿음으로 열정을 억누르면 그 결과는 확실하다. 자연스레 행동하지도 못하고 행복한 삶을 살지도 못한다. 따라서 이와 같은 상황에서 '임종 기법'은 우리가 행복하고 충만하며 흥미진진한 삶의 기회를 맞았으면서도, 검증되지 않은 믿음으로 열정을 어떻게 억누르고 있는가를 완벽하게 보여준다.

7장

올바로 행동하고
그 결과를 받아들여라

Are You
Happy Now
?

힘들고 불행한 일곱 번째 이유는 결과를 두려워하며 옳은 길을 선택하지 않기 때문이다

1960년대 초, 나는 열여덟 살이었다. 베트남 전쟁이 추악한 전쟁으로 변해 가기 시작할 무렵이었다. 남자 친구 스티브가 대학을 중퇴하자 곧바로 징병됐다. 스티브와 나는 베트남 전쟁을 반대했다. 내 아버지는 군인이었고 국방부에서 근무했다. 따라서 나의 반전 의식에 가족들은 거의 공감하지 못했다. 당시 미국에는 징병 제도가 있어, 스티브는 둘 중 하나를 선택해야 했다. 군대에 끌려가거나, 5년간의 옥살이를 해야 했다. 스티브에게는 양심적 병역기피자가 될 기회조차 없었다. 당시에는 종교적 이유에서만 양심적 병역 기피를 인정했고, 스티브는 종교인이 아니었기 때문이다. 게다가 반전 운동은 실질적으로 시작되지도 않아 스티브와 나는 우리 선택에 외톨이가 된 기분이었다. 옳다고 생각하는 길을 선택할 것이냐 타협할 것이냐는 문제였다. 우리에게는 우리의 삶이 있었다. 따라서 우리는 옳다고 생각하는 길을 선택했다. 부당한 전쟁에 참전하지 않기로 한 것이다. 나는 집을 뛰쳐나왔고, 스티브는 군대에서 탈영해 지하에 숨어들었다. 우리는 미국을 떠났다. 2년간 우리는 온갖 고생을 하며 도망자 생활을 한 끝에, 미국의 베트남 전쟁을 반대하던 나라, 스웨덴에 정치적 망명을 했다.

옳은 길을 선택하기 위하여

이때의 경험을 통해서, 나는 옳은 일을 하기가 쉬운 것만은 아니라는 사실을 일찍 깨달았다. 또한 한 사람의 선택이 자신에게는 물론이고 주변에도 큰 영향을 미친다는 사실도 깨달았다. 베트남 전쟁의 경우에는 다행히 스티브와 나처럼 생각하는 젊은이가 많았다. 결국 미국은 베트남에서 철수했지만, 수많은 사람이 목숨을 잃은 뒤였다.

개인적으로 나에게는 이런 결정이 내 삶을 통째로 바꿔놓았다. 나는 어린 나이에 조국을 떠나, 지금 살고 있는 스칸디나비아에서 새로운 삶을 시작해야 했다. 그로부터 오랜 시간이 지나서야 아버지는 울면서 내가 당시에 택한 길을 이해하지 못하고 지지해 주지 못한 것을 사과했다. 이런 것이 삶의 현실이다.

옳은 길을 택하겠다는 욕구는 우리 모두의 마음속에서 뜨겁게 불탄다. 그 욕구는 우리 마음속에 자리잡은 본성이며, 사랑이다. 내면의 본성을 거역할 때 우리는 고통받는다. 누구나 마찬가지다. 따라서 행복한 삶을 살고 싶다면, 어떤 대가를 치르더라도 옳은 길을 선택하겠다는 욕구와 열망을 덮어버려서는 안 된다. 그 열망은 우리의 샛별이고, 우리가 나아갈 길을 밝혀주는 빛이다. 그 열망은 우리 마음을 고스란히 드러낸 사랑의 표현이다.

일상의 삶에서

옳은 길을 선택하는 일은 사회정치적 행위이기도 하지만, 일상의 삶에서 우리는 크고 작은 선택에 끊임없이 부딪치기 때문에 일상적 행위이기도 하다. 모든 선택, 모든 행위에는 결과가 따른다. 인과법칙은 어디에나 작용되기 때문이다. 달리 말하면, 생각과 말과 행위가 시간의 흐름에 따라 일련의 사건을 연쇄적으로 불러일으킨다. 우리는 상호의존적인 세계에서 살아간다. 여기에서는 누구도 섬일 수 없다. 우리 모두가 생명의 그물에서 한 부분을 차지하며, 또 생명의 그물 전체에 영향을 미친다.

따라서 우리가 어떤 생각을 하고 무슨 말을 하며 어떤 행동을 하는지 주목할 필요가 있다. 그 모든 것이 결과를 갖기 때문이다. 정신을 바짝 차리고 내면의 목소리에 귀를 기울일 때 우리는 개인적 영역과 공적 영역 모두에서 한층 의식화된 삶을 살 수 있다.

이처럼 뚜렷한 의식을 가질 때, 우리가 어떤 처지에 있더라도 옳은 길을 선택할 기회는 항상 주어진다는 사실을 깨닫게 된다. 삶의 수준과 문화, 연령과 성을 초월해서 선택의 기회는 누구에게나 매일 주어진다. 옳은 길을 선택할 기회는 차별 없이 누구에게나 똑같이 주어진다. 물론 사람들은 큰 일이라거나 작은 일이라고 말하지만, 모든 사건과 행위가 똑같이 우리 관심을 받을 만한 가치를 갖는다. 모든 사건, 모든 상황이 우리 손길을 기다린다. 우리의 고결한 마음자세, 이 땅에서 어떤 식으로 삶을 살겠다는 고결한 비전을 보여주는 손길이 돼야 한다.

어떤 경우, 어떤 상황에서나 중요한 것은 우리 목적이다. 목적은 황금 열쇠이다. 따라서 우리는 이렇게 자문해 봐야 한다. 우리 목적이 드높은 하느님을 향한 것인가? 우리 목적이 평화와 사랑과 조화에 있는가? 고통을 피하거나 종식시키는 데 있는가? 일상을 살면서 우리 선택과 행위를 결정할 때 거듭해서 자문해 봐야 할 질문들이기도 하다.

가치관

옳은 길을 선택하기 위해서는 우리 가치관을 분명히 할 필요가 있다. 당신과 나, 우리는 무엇을 믿는가? 당신은 지금 어떤 길을 걷고 있는가? 당신이 지금 어떤 길을 걷고 있는지 모른다면 나침반도 없이 항해에 나선 것과 같다. 따라서 확신을 갖고 일관되게 행동하기 힘들다. 당신이 지금 믿는 것이 무엇인지 찾아내라. 당신에게 중요한 것이 무엇인지 찾아내라. 지금 어떤 길을 걷고 있으며, 당신의 한계는 어디까지인가?

자유를 믿는가? 나는 자유를 믿는다! 나는 정말 자유롭고 싶다! 내가 원하는 만큼 자유롭게 행동하고 자유롭게 존재하고 싶다. 마음껏 나 자신이고 싶다. 주변 사람들도 모두 자유롭게 살기를 바란다. 내게 자유는 많은 것을 의미한다. 기회의 자유, 여자로서의 자유, 종교의 자유, 원하는 곳을 갈 수 있는 자유, 내가 좋아하는 직업을 선택할 자유, 두려움과 굶주림에서 벗어나는 자유, 내 꿈을 추구할 자유, 인종과 피부색을 초월하는 자유, 마음대로 생각하는 자유, 나만의 개성대로 살고 싶은 자유……, 그리고 다른 사람의 자유를 존중하는 자유까지!

당신도 나만큼 자유의 소중함을 믿는다면 '자유'가 우리에게 구체적으로 무슨 뜻을 갖는지 살펴보고, 다음과 같이 자문해 보아야 한다. 내가 소중하다고 믿는 자유에 더 높은 가치를 부여하고, 그 자유를 세상에 널리 알리기 위해서 나는 지금 무엇을 하고 있는가? 언제 나는 자유를 저버리는가? 언제 나는 다른 사람의 자유를 침범하는가? 나는 어떻게 다른 사람의 자유를 제한하고 억압하는가? 남의 일에 간섭하면서도 그를 자유롭게 놓아준다고 말할 수 있을까?

남의 일에 간섭한다는 것은 그의 성실성과 지능을 믿지 못한다는 뜻이다. 그가 나만큼의 성실성과 지능을 갖고 있지 못할 거라고 생각하기 때문에 그의 일에 간섭하는 것이다. 인종차별과 성차별에 대해 막연한 생각을 갖고 있으면서 그들을 자유롭게 놓아주고 있다고 말할 수 있을까? 세대차이에 대해 막연한 생각을 갖고 있으면서 그들을 자유롭게 놓아주고 있다고 말할 수 있을까? 언제 나는 자유를 배신하는가? 언제 나는 나 자신을 옭아매는가? 자유를 진정으로 믿는다면 자유를 실천적으로 보여줘야 한다. 우리가 믿는 자유 자체가 되어야 한다.

우리가 소중하게 생각하는 다른 것들도 마찬가지다.

관용을 믿는가? 그럼 당신이 다른 사람에게 기대하고픈 만큼 너그럽게 행동하고 너그러운 사람이 되어라. 언제 당신이 너그럽지 못하고, 그 가치관에 맞춰 살지 못하는지 살펴보라. 또 당신이 이 세상에서 만나기를 바라는 너그러운 사람이 되겠다는 목표가 어떤 경우에 흔들리는지도 살펴보라. 연민을 믿는가? 그럼 자애롭게 행동하라. 또 언제 자애롭지 못하고, 언제 자애로운 사람으로 행동하는지도 확인해 보라. 폭력에 반대하는가? 그럼 언제 당신이 폭력적으로 행동하는지 확인해 보라. 또 당신 자신에게나 남들에게 폭력적으로 생각하고 말하지는 않는가? 그렇다면 이제부터라도 마음속으로, 또 개인적으로 가까운 사람에게 비폭력정신을 실천해 보라. 진정으로 비폭력을 믿는다면 행동에서만이 아니라 말과 생각에서도 비폭력적이어야 한다. 요컨대 이 세상에서 구현되기를 바라는 변화를 먼저 실천하는 삶을 살아야 한다.

당신이 이 세상에서 보고자 하는 변화를 먼저 실천하라.

−간디−

결과가 두려운가?

'옳은 선택'이라 생각하면서도 실천하지 못하는 이유는 결과를 두려워하기 때문이다. 우리 삶에서, 정치적 영역만큼 결과가 극적인 것도 드물다. 어쨌든 모든 선택의 결과는 무척 참혹할 수 있다. 예컨대 우리가 옳다고 믿은 길을 선택한 결과는 돈의 상실, 생존의 위협, 따돌림, 냉소와 비난 등일 수 있다. 몇 가지 예를 들어 설명해 보자.

이혼을 해야 할까?

결혼 생활이 불행하기 그지없지만 남편을 떠나기가 두렵다. 이혼은 자식이 둘이나 딸린 싱글맘을 뜻하기 때문이다. 남편의 곁을 떠나면 가난을 각오해야 할지도 모른다. 비참한 앞날이 아닐 수 없다. 이혼하면 살아가기 어려워질 게 뻔하다. 자, 어떻게 하겠는가?

보수가 좋은 일자리를 거부해야 할까?

담배 회사에서 괜찮은 직책을 제안받았다. 보수도 좋을 뿐 아니라 경력을 쌓을 기회이기도 하다. 그러나 흡연은 건강을 위협한다. 따라서 사람들의 목숨을 위협하는 회사에서 일하는 것이 달갑지 않다. 그러나 그 제안을 거부하면, 지금 당신을 도와주는 헤드헌팅 회사가 더 이상 당신에게 좋은 일자리를 제안하지 않을까 두렵다. 자, 어떻게 하겠는가?

큰 프로젝트를 거부해야 할까?

당신은 그래픽 디자인 회사를 운영하고 있다. 전에 일하던 회사에서 커다란 프로젝트를 제안받았다. 당신은 그 회사의 비윤리적 경영 때문에 그만두었다. 그런 회사를 위해서는 일하고 싶지 않다. 하지만 그 프로젝트를 거부하면 당신 회사에 지금 절실하게 필요한 돈 벌 기회를 눈앞에서 놓치게 된다. 자, 어떻게 하겠는가?

누군가를 위해 대신 나서야 할까?

친구들과 외출을 나갔다. 그런데 친구들이 피부색이나 종교의 차이를 이유로 누군가를 괴롭히고 조롱한다. 당신은 기분이 좋지 않다. 그 사람을 대신해서 친구들에게 그런 짓을 그만두라고 말해야 옳다는 걸 안다. 그러나 그렇게 하면 친구들이 당신을 따돌리고 비난할 것이 뻔하다. 자, 어떻게 하겠는가?

일반적으로 우리는 소비자로서 상당한 힘을 갖는다. 일상의 삶에서 그 힘을 어떻게 사용해야 할까? 예컨대 당신은 환경을 더럽히는 상품이란 것을 알면서도 사는가? 아동 노동을 착취해서 만든 제품이란 것을 알면서도 사는가? 비윤리적 경영으로 소문난 회사의 상품을 사는가? 돈을 어떻게 쓰는가? 이는 무척 중요한 질문이다. 당신은 소비자로서 뭔가를 선택함으로써 누군가를 지원해 준다고 생각해 본 적이 있는가? 다시 말하지만, 우리는 뭔가를 살 때마다 세계의 상황에 미약하나마 영향을 미친다. 따라서 옳은 방향이라 생각하는 쪽을 선택해야 하지 않겠는가!

누가 기준을 정하는가?

옳은 길을 선택하라고 하는데, 옳고 그름의 기준은 누가 정할까? 이는 우리 모두가 해결해야 할 까다롭고 복잡한 질문이다. 이 문제를 깊이 들여다보면, 옳고 그름을 결정하는 확고부동한 원칙을 세우기가 무척 어렵다는 사실을 실감할 수 있다. 어떤 상황이라도 나름의 특수성을 갖기 때문이다. 그러나 이렇게 자문해 볼 수는 있다. 각 상황에서 어떻게 행동하는 것이 최선인지 결정하는 방법, 결국 옳고 그름을 판단하는 방법이 있을까? 그런 판단에 도움을 주는 나침반 같은 것이 있을까? 그렇다면 그 나침반을 어디에서 찾을 수 있을까?

내 경험에 따르면, 현재를 직시하고 현재에 충실할 때 내면의 지혜를 얻을 수 있다. 그 지혜는 언제나 선한 사랑을 향한 감정이고, 자유를 갈구하는 욕망이다. 요컨대 자신만이 아니라 다른 사람까지 고통에서 구하는 방법을 찾아내려는 욕망이다. 나는 이런 근본적인 욕망을 어디에서나, 누구에게서나 찾아낼 수 있다고 믿는다. 또 그 욕망은 행복한 삶을 향한 욕망이라고도 생각한다. 그 욕망은 우리 세포의 일부이며, 언제나 우리를 향해 속삭인다. 차분히 앉아 귀를 기울이면 내면의 지혜가 말하는 목소리를 들을 수 있다. 그때 우리는 우리 본성인 선한 마음과 하나가 된다.

행복한 삶을 향한 욕구는 우리 세포의 일부다.

내면의 지혜를 불러내기

어렵고 어떤 상황에서 뭘 해도 불안하다면 다음과 같은 질문으로 내면의 지혜를 신속하게 불러낼 수 있다.

- 이 상황에서 다른 사람들이 나를 어떻게 대해 주길 바라는가?
- 이 상황에서 내 목적이나 의도는 무엇인가?
- 나 자신과 나만의 이익을 생각하고 있는 것일까? 아니면 이 상황이 관련된 다른 사람들에게 어떻게 영향을 미칠지도 고려하고 있는가?
- 내 생각과 말과 행동이 이 상황과 다른 사람에게 어떤 영향을 줄까?

- 내 선택과 행동이 고통을 피하고 완화하는 데 도움을 줄까?
- 내 생각과 말과 행동이 장기적으로 어떤 결과를 낳을까? 이에 대해 생각해 본 적이 있는가? 그 결과를 머릿속으로 그려볼 수 있는가? 즉 이 행동이 어떤 결과를 낳을까?

위와 같은 질문들은 우리 목적을 분명하게 하는 데 도움을 주고, 여러 행동의 결과를 의식하게 해준다. 요컨대 우리 생각과 판단과 행동을 신중하게 살펴볼수록 내면의 지혜에 따라 행동하기가 한결 쉬워진다.

보편 기준

물론 보편 기준이 없지는 않다. 예컨대 예수의 황금률이 대표적인 보편 기준이다. 오래 전 예수는 "남에게 대접을 받고자 하는 대로 너희도 남을 대접하라"고 말했다. 이 말은 위에서 한 첫 질문, "이 상황에서 다른 사람들이 나를 어떻게 대해 주길 바라는가?"와 비슷하다. 즉 다른 사람이 우리에게 무엇을 해주기를 바라는가? 다른 사람이 우리를 어떻게 대해 주기를 바라는가? 다른 사람이 우리에게 어떻게 행동해 주기를 바라는가? 이런 식으로 입장을 바꿔 생각하면 우리가 어떻게 행동해야 하는지 결정하는 데 도움이 된다. 누구도 고통받고 싶어 하지 않는다는 걸 다시 한 번 깨닫는 계기가 되기 때문이다. 예컨대, 누군가 자신의 집에 폭탄을 던져 가족을 죽이거나 돈을 훔쳐가고, 믿음을 모욕하거나 자유를 빼앗아가는 걸 바라는 사람은 없을 것이다. 남을 똑같은 고통에 빠뜨리는 짓을 하고 싶은 사람도 없을 것이다.

예수는 "죄 없는 사람이 먼저 돌을 던져라!"라고도 말했다. 결국 남을 비판하고 판단하는 짓은 바람직하지 않다. 자신의 주변부터 먼저 돌아봐야 한다. 달리 말하면, 우리가 이 세상에서 보고자 하는 변화를 먼저 실천해야 한다.

불교는 '무위(無爲)'라는 탁월하고 실질적인 행동 철학을 가르친다. 불교의 진리는 남에게 뭔가를 하려고 애쓰지 말고, 남을 해치는 일을 하지 말라고 가르친다. 달리 말하면, 다른 사람이 우리에게 하지 않기를 바라는 짓이면 우리부터 다른 사람에게 하지 말라는 뜻이다. 해로운 생각과 말과 행동을 삼가라는 뜻이기도 하다. 법구경에서 부처는 "남을 해치지 마라. 선하게 행동하라. 마음을 깨끗이 하라"고 가르쳤다. 이것은 불교에서 말하는 '무해(無害)'의 개념으로, 혼란스럽고 끊임없이 변하는 세상에서 살아가는 나침반 역할을 하는 보편 기준이다. 이 개념을 마음에 새기며 조심해서 행동하면, 행동의 결과까지 고려하면서 한층 책임 있게 살아갈 수 있다.

불교도들은 무해의 철학을 실천하면서 '해탈'의 중요성을 믿는다. 해탈하면 현실을 있는 그대로 직시할 수 있다. 그럼 옳은 길을 자연스레 선택한다. 해탈하면 행동의 결과가 어떠할지 예측할 수 있어 해로운 행동을 피할 수 있기 때문이다. 따라서 혼돈과 고통을 낳는 행동과 말도 자연스레 피하게 된다는 논리다. 또한 불교도는 카르마, 즉 모든 행동에는 결과가 따른다는 업(業)을 믿기 때문에 의도와 동기가 가장 중요한 요인이라고 말한다. 의도와 동기가 해탈의 경지에 이르러 남에게 고통을 주는 행동을 삼갈 때 우리는 다른 사람을 위하는 방향에서 행동하게 된다.

현실을 직시할 때 고통의 원인까지 꿰뚫어볼 수 있다.

공통의 끈

위대한 영적 스승들의 가르침을 면밀하게 살펴보면 어디에서나 언급된 공통점이 눈에 띈다. 그 공통의 끈은 인간을 향한 보편적 사랑과 하나 되는 마음이다. 우리가 서로 밀접한 관계를 맺고 있으며,

우리 모두가 삶이라는 전체의 한 부분에 불과하다는 사실을 깨닫지 못하고는 일상의 삶에서 무엇을 생각하고 어떻게 판단하며, 어떻게 옳은 길을 선택하느냐를 결정하기 힘들다. 그러나 우리가 전체의 일부에 불과하다는 사실을 깨달을 때, 매순간 무엇이 옳고 타당한 것인지 판단하기가 한결 쉬워진다.

우리 안에서 간디를 찾아내려면

간디는 내가 가장 존경하는 위인 중 한 명이다. 간디는 옳다고 생각하는 일을 실천하고, 모든 인간이 하나라는 원칙 하에서 살려는 노력을 잠시도 게을리하지 않았다. 무자비할 정도로 정직하고 성실한 자세, 인류를 고통에서 건져내려는 선한 의도와 끝없는 헌신으로 간디는 역사의 흐름을 바꿔놓았다. 그의 삶을 다룬 책을 읽을 때마다 간디가 끊임없이 옳은 길을 선택해서 실천하려 했다는 사실을 확인할 수 있다. 또한 간디가 자신의 행동에 따른 결과를 기꺼이 받아들였다는 사실도 확인할 수 있다. 간디는 목숨을 잃을지도 모르는 위험을 알면서도 '아힘사(비폭력)'에 입각한 비폭력 시민 불복종 운동을 주도했다. 실제로 간디는 "나는 죽을 준비가 돼 있다. 하지만 어떤 이유로도 남을 죽일 마음은 없다"라고 말했다.

간디의 전기 작가들에 따르면, 간디가 영적 훈련의 지침서로 삼았던 책은 《바가바드 기타》였다. 그 책의 2장 끝 부분에 간디의 철학이 녹아 있다. 역사학자들의 주장에 따르면, 간디는 이 구절을 하루도 빼놓지 않고 암송하고 묵상했다. 그 부분을 인용해 보자.

스리 크리슈나가 말씀하시길,
지혜 안에서 사는 사람들은
모든 것에서 그들 자신을 보고, 그들 안에서 모든 것을 보며
사랑의 주를 향한 사랑으로 마음을 괴롭히는
모든 이기적 욕심과 욕망을 불태워버린다.
슬픔에 동요되지도 않고
쾌락을 못내 그리워하지도 않으며
욕망과 두려움과 분노에서 해방된 삶을 살아간다.
이기적 애착에 얽매이지도 않아
행운에 우쭐대지 않고
불운에 낙담하지 않는다.
이런 사람이 지혜로운 사람이니라……

감각체를 지속적으로 생각할 때

애착이 온다. 애착은 욕심, 소유욕을 낳는다.
소유욕이 채워지지 않으면
분노로 발전한다. 분노는 판단력을 어둡게 하고
과거의 실수에서 배우는 힘을 빼앗아간다.
따라서 냉정한 판단력이 사라지고
우리 삶은 황폐해지리라.

그러나 감각의 세계 한복판에서 움직이며
애착과 혐오에서 자유로워진다면
평화가 찾아오고 슬픔이 끝난다.
그때 우리는 자아의 지혜와 더불어 살 수 있으리라.

반목하는 마음은 결코 지혜롭지 못하다.
반목하는 마음이 어떻게 묵상할 수 있고 평온할 수 있겠는
가?
평화가 없는데 어찌 기쁨을 알 수 있겠는가?
감각의 달콤한 유혹에 마음을 빼앗긴다면
판단력이 흐려지게 마련이다. 사이클론에
배가 정해진 항로에서 벗어나 죽음으로 끌려가듯이…….

‘나’와 ‘내 것’이란 자아의 틀에서 벗어나
사랑의 주와 하나가 되는 사람은
영원히 자유로우리라.
무상(無上)의 경지로, 이 경지에 이르면
죽음의 세계에서 불멸의 세계로 건너갈 수 있으리라.

변화를 실천하고, 마음의 평화를 유지하려면

우리가 반드시 실천해야 할 가장 중요한 덕목은, 우리가 이 세상에서 보고자 하는 변화를 먼저 실천하는 것이다. 이 원칙은 우리 삶의 모든 분야에 적용된다. 가족이나 친구와의 관계는 물론이고, 사회·정치적인 관계 및 비즈니스 거래에도 적용된다. 평화로운 세상을 보고 싶다면 내가 먼저 평화로워야 한다. 달리 말하면, 먼저 내 안에서 벌어지는 모든 전쟁을 끝내야 한다. 그 후에 가족과 친구처럼 가까운 사람들과의 관계에서 평화를 되찾고, 다음 단계로 내가 속한 공동체와 세계에서 평화를 회복하기 위해 노력해야 한다. 이것은 내가 경험적으로 터득한 유일한 평화다. 나에게 다른 식의 평화는 가능하지 않다.

우리는 끊임없이 다음과 같이 자문해 봐야 한다. 내가 이 세상에서 구현되기를 바라는 평화를 언제 실천하지 못하는가? 언제 마음의 평화가 깨지는가? 언제 나는 갈등을 일으키는가? 이 상황에서 내가 의도하는 목적은 무엇인가? 평화로운 의도인가? 내 행동이 이 상황에 어떤 영향을 미칠까? 나는 이 세상에서 구현되기를 바라는 변화를 실천하고 있는가? 나는 평온한 사람인가?

일반화라는 늪에서 벗어나기

이쯤에서 일반화(Generalization)라는 말을 깊이 생각해 봐야 한다. 내 경험에 따르면, 우리가 원하는 평화를 가로막고, 우리가 지금 이 순간에 대처해야 하는 상황과 사람들을 직시하지 못하도록 방해하는 큰 요인 중 하나가 일반화이기 때문이다. 다른 사람이나 집단 혹은 국가와 평화롭게 지내려면, 일반화라는 개념을 정확히 이해할 필요가 있다. 달리 말하면, 일반화라는 개념을 어떻게 무의식적으로 이용해서 우리 앞에 펼쳐진 현실을 외면하고 있는가를 깨달아야 한다.

먼저 일반화라는 개념부터 정의해 보자. 일반화는 어떤 사건이나 사람을 어떤 전형에 끼워 넣는 행위를 뜻한다. 웹스터 사전에 일반화는 "어떤 것이 어떤 집단의 구성원 모두에게 적용된다고 주장하는 말"이라 정의된다. 특히, 증거가 충분치 않은 데도 어떤 집단을 무모하고 부정적으로 정형화시키는 일반화는 파괴적이고 위험한 결과를 초래할 수 있다.

무모하고 부정적인 일반화의 사례를 예로 들면 다음과 같다.

- 프랑스 사람은 오만하고 거만하다.
- 가난한 사람은 게으르다.
- 유대인은 돈에 굶주린 사람이다.
- 이탈리아 사람은 바람둥이다.
- 아랍 사람은 근본주의자다.
- 흑인은 믿을 수 없다.
- 아프리카 사람은 게으르다.
- 독일 사람은 냉정하고 효율적으로 일한다.
- 미국인은 저돌적이다.
- 여성 운전자는 서투르다.
- 무슬림은 테러리스트다.
- 흑인은 스포츠와 음악에서만 뛰어나다.
- 여자는 신경질적이다.
- 정치인은 정직하지 않다.

● 장사꾼은 탐욕스럽다.

위의 말에서 한 가지 공통점을 찾을 수 있다. 어떤 특징을 특정 집단에 무차별적으로 적용하고 있다는 점이다. 이런 일반화는 무모하기 짝이 없는 일이다. 따라서 이런 식의 일반화는 무척 위험할 뿐 아니라, 인간관계에서 분열과 오해를 낳는다.

자기 자신에게 정직하라

일반화에 대해 말할 때는 먼저 자기 자신에게 정직해야만 한다. 달리 말하면, 일반화의 문제점을 분명하게 인식해야 한다는 뜻이다. 널리 퍼져 있는 일반화의 해악을 근절하고 싶다면, 먼저 우리 자신이 어떻게 처신하고 있는지 냉정하게 살펴봐야 한다. 아주 구체적으로 의문을 제기해 보자. 나는 어떻게 일반화하고 있는가? 나는 일반화하고 있다는 사실을 알고는 있는가? 상대를 제대로 알지도 못하면서 성과 연령, 외모와 인종적 배경, 옷차림과 직업, 사회 계급 등을 근거로 상대를 판단하지는 않는가?

내 경험에 비춰보면, 대부분의 사람이 거의 무의식으로 일반화하는 데 적잖은 시간을 허비한다. 예컨대, 낯선 사람을 만났을 때 옷차

림을 보고 그 사람을 사업가라고 짐작한다고 해보자. 그럼 곧바로 우리가 사업가에 대해 갖고 있는 선입견이 끼어든다. 정말로 기업계에서 성공하려고 발버둥치는 사람에게는 우리 반응이 대단한 존경심과 경외감으로 여겨질 수 있겠지만, 그가 아프리카의 최빈국에서 자행되는 사회적 부정을 고발하는 데 힘쓰는 사람이라면 우리 반응은 비난과 모욕으로 여겨질 수 있다. 결국 그에 대해 아무것도 모른 채 섣불리 반응한 결과인 셈이다.

구체적으로 말하면, 사업가에 대한 일반화, 즉 사업가에 대한 선입견에 근거한 조건 반사였다. 그 사람은 실제로 사업가이긴 하지만, 남아프리카의 가난한 농부들에게 저렴한 값으로 농기구를 제공하려고 애쓰는 기업의 사장일 수도 있다. 반면에 돈을 벌 궁리만 하는 못된 사업가일 수도 있다. 겉모습만 보고는 누구도 진실을 알 수 없다.

이제부터라도 이런 습관을 버리자. 선입견을 일반화시켜 상대가 누군지 판단하는 버릇을 버리자. 그가 누구이고 어떤 생각을 가진 사람인지 충분히 알아본 후에 그를 상대할 방법을 결정해도 늦지 않다. 사회적 계급과 성, 인종적 배경 등을 기준으로 사람을 정형화시키고 일반화시키기 전에 그가 정말로 어떤 사람인지 알아보는 시간을 먼저 가져야 한다. 그래야 옳은 길이다.

일반화를 이겨내려면

내가 상대를 일반화시켜 판단하는 것도 문제지만, 일상의 삶에서 우리가 만나는 상대가 우리를 일반화시키는 것도 문제. 이런 경우에 어떻게 처신해야 할까? 물론 이 경우에도 일반화시킨 말을 찾아내는 것이 우선이고 중요하다. 일반화가 무엇이고, 그런 일반화가 둘의 관계에 어떤 악영향을 미치는지 안다면, 상대와 대화하는 중에 불쑥 튀어나오는 일반화를 어렵지 않게 인지해 낼 수 있다. 상대가 뭔가를 일반화시켜 말하면 그냥 넘기지 말고, 그렇게 일반화시킨 말의 타당성 여부를 냉정하게 따져보라.

예컨대 어떤 남자가 당신에게 모든 여성 운전자는 서투르다고 말하면, '정말로 모든 여성 운전자가 서투를까? 그 증거가 무엇일까?'라고 생각해 보라. 이때 '아니야, 내 친구 마사는 운전을 정말 잘해! 마리아도 마찬가지고'라는 생각이 머릿속에 떠오를 수 있다. 그럼 운전을 썩 잘하는 여자를 많이 아는 셈이다. 또 반대로 '남자는 어떤가?'라는 의문에 '남자라도 모두 운전을 잘하는 건 아니야!'라고 생각한다. 요컨대 근거가 희박한 일반화를 무심코 넘기지 말고, 꼬박꼬박 의문을 갖고 따져봐야 한다. 그렇다고 상대와 말다툼을 벌일 필요까지는 없다. 논점에서 벗어나지 않으면서 그 말을 차분하게 점검해 보면 된다. 가령 상대에게 "그 말이 맞을까요? 왜 그렇다고 생각하시죠? 증거가 무엇인가요?"라고 묻기만 하면 된다.

그리고 상대에게 일반화하지 말고 정확하고 근거 있는 말을 해달라고 정중히 부탁할 수 있다. 예컨대 "내가 아는 한……", "내가 보기엔……", "내 경험에 따르면……"과 같은 식으로 말해 달라고 상대에게 요구하고, 우리도 그렇게 말한다. 말투를 조금만 바꿔도 우리가 하는 말에 대한 책임 소재를 분명히 할 수 있다.

일반화는 우리를 갈라놓지만,
사랑은 우리를 하나로 묶어준다.

하나가 되기 위하여

모든 생명체가 결국은 하나라고 믿는다면, '우리는 하나'라는 믿음이 얼마나 중요한 목표인가를 어렵지 않게 이해할 수 있다. 우리목표가 모든 생명체의 하나 됨을 구현하는 데 있다면 그 목표는 우리가 생각하고 말하며 행동해야 할 방향을 가리키는 등불이 된다. 고통이 닥치면 우리는 본능적으로 고통에서 벗어나려 한다. 우리는 고통받기를 원치 않으며, 가족 중 누군가가 고통받는 것도 원하지 않는다. 지극히 간단한 문제다. 그럼 우리 모두가 하나라면, 결국 모두가 가족이라면 우리는 누구도 고통받기를 원하지 않게 될 것이다. 이런 관점에서 우리 말과 행동을 살펴보면, 우리의 고통을 덜어주고 우리를 하나로 묶어주며 조화로운 삶을 조성해 가는 것은 한결같이 긍정적인 것인 반면에, 우리를 갈라놓고 우리에게 고통을 주는 것은 한결같이 부정적인 것이다.

또 하나의 시각

간혹 나는 이런 생각에 잠긴다. 모두가 나처럼 산다면 이 세상이 어떻게 될까? 우리 대부분이 몰두하는 외적인 유혹에서 벗어나 내면의 목소리에 관심을 기울이기 시작하면 우리 삶이 어떻게 변할까?

조용히 앉아 아무것도 하지 말라.
그래도 봄은 오고 풀은 자란다.

쇼핑을 하거나, 텔레비전을 보거나 영화를 보러 다니지 않고 조용히 앉아 명상하는 걸 좋아하는 사람이 많아지면 세상이 어떻게 변할까? 사회적으로 어떤 결과가 생길까? 행복을 찾아 바깥세상을 기웃거리는 것보다, 조용히 앉아서 내면의 목소리에 귀를 기울여야 진정한 행복을 찾을 수 있다고 깨닫는 사람이 늘어나면 세상이 어떻게 변할까? 사회적으로나 정치적으로, 또 경제적으로도 큰 혼란이 생길 듯하다. 언뜻 생각나는 몇 가지 예를 들어보자.

먼저 여행산업부터 살펴보자. 우리가 여행을 덜 하면 여행산업이 극도로 위축되어 파산하는 회사까지 생길 것이다. 항공 수요도 줄어들고 도로에서도 자동차가 크게 줄어들 것이다. 하늘과 땅에서 교통량이 줄어들고 공기 오염이 줄어들 것이다. 또 석유 소비가 줄어 중동에 대한 의존도까지 낮출 것이다. 그럼 정치적으로나 사회적으로 큰 변화가 일어나면서 세계의 정치 상황도 급변할 것이다. 여행이 줄어들면서 화석 연료를 덜 사용하기 때문에 지구 온난화 현상도 주춤할 것이다. 또 사람들이 여행을 덜하기 때문에 지금처럼 많은 자동차를 생산할 필요가 없을 것이고, 장기적으로 많은 사람이 자동차를 구입하지 않을 것이다. 이런 현상으로 환경 전반에 대한 압력이 크게 줄어들고, 구체적으로는 도로를 건설할 필요도 없어진다. 또한 수많은 공항도 불필요하게 될 것이다. 이런 모든 결과를 고려하면 지구의 아름다운 천연 자원에 대한 압력도 감소해서, 지금처럼 아름답고 이국적인 곳에 건물을 세울 필요도 없어질 것이다. 해변이 한층 깨끗해지고 바다도 깨끗해질 것이다. 여행객이 줄어들면서 시끄러운 소음도 줄어들어 세상이 훨씬 조용해질 것이다. 이런 식으로 꼬리에 꼬리를 물고 상상해 보는 일은 재미있다. 행복을 바깥세상에서 찾는 대신 내면에서 찾는 쪽으로 바꾸는 순간 우리 세상이 어떻게 변할까 상상해 본 결과일 뿐이다.

이렇게 생각지 못할 이유가 있을까? 환경오염을 해결하기 위해서 우리가 할 수 있는 최선책이 집에서 지내는 것일지 누가 알겠는가.

조용히 앉아서 아무것도 하지 않는 것이
우리가 세상을 위해 할 수 있는 최선일 수 있다.

쇼핑은 어떨까? 소비사회를 살아가는 우리가 쇼핑을 줄이면 세상이 어떻게 변할까? 적어도 선진 산업사회의 사람들은 편안한 삶을 위해 필요한 것보다 더 많이 소유하고 있다. 쇼핑은 많은 사람에게 삶을 살아가는 한 방식이 됐다. 즐거움을 구하고 여가 시간을 보내는 데 더할 나위 없이 좋은 소일거리가 됐다. 그러나 생각을 한번 바꿔보자. 우리가 쇼핑을 줄이면 세상이 어떻게 변할까? 우리가 바깥 것에 눈을 돌리지 않고, 물질의 소유가 행복하게 만들지는 못한다는 사실을 깨달으면 세상이 어떻게 변할까? 물론 "바바라, 순진하군. 우리가 쇼핑을 하지 않으면 세계 경제가 붕괴되고 말 거야!"라고 말할 사람도 있을 것이다. 그러나 이 말이 정말 맞을까? 우리가 가치관을 바꾸면 온 세상이 현격하게 바뀔 것이다. 하지만 그 변화가 더 나은 방향이 아닐 거라고 누가 확신할 수 있는가? 우리가 쇼핑을 덜 하면 세상이 어떻게 될까? 그래서 남는 부(富)를 다른 사람들과 나눠 가질 수도 있지 않은가! 현실을 직시하자. 꼭 필요한 것이 없을 때 하는 쇼핑은 시간을 보내는 방법일 뿐이다. 기분전환을 위한 한 방법이고 재미있는 일이기도 하며, 경제를 활성화하는 기능도 있다. 그러나 그런 삶이 장기적으로 우리에게 무슨 이익이 있을까? 결제할 때 잠시 즐겁기는 하겠지만 그 후에 뭐가 남는가? 물론 관심을 잠시나마 외부로 돌릴 수는 있을 것이다. 하지만 그 하찮은 것이 얼마나 오랫동안 지속되겠는가? 쇼핑한 물건이 주는 기쁨이 시들해지면, 그 후엔 어떻게 하겠는가? 일을 더 하고 쇼핑도 더 많이 하겠는가? 바깥세계에서 계속 뭔가를 추구하면서 행복을 구걸하겠는가?

여행처럼 쇼핑도 우리가 행복을 필사적으로 찾으려고 기웃거리는 수많은 것 중 하나에 불과하다. 그 밖에도 우리는 일 중독에 빠져서, 돈을 버는 데서, 텔레비전을 보거나 먹는 것에서, 섹스와 외출에서, 또 영화와 연극에서 행복을 찾으려 한다. 이런 예를 들자면 한 권의 책으로도 모자랄 정도이다.

서구 사회를 둘러보면 모두가 뭔가를 한다. 바깥세계에서 기분 전환 거리를 찾는 것이다. 조용히 앉아서 명상하는 사람은 찾아보기 힘들다. 요컨대 거의 모두가 행복은 바깥 어딘가에 있다고 생각한다.

진정한 행복은 정반대편에 있다

이처럼 우리가 바깥세계에서만 행복을 찾으려 하기 때문에, 지금 이 순간에 차분히 앉아 자신을 돌아볼 시간을 갖지 못하는 것이다. 그런데 내가 이 책에서 행복에 대해 말한 모든 것이 바깥세계와는 정반대편에 있다는 사실이 너무 재미있지 않은가? 내가 말하는 모든 것, 즉 모든 현자(賢者)가 오래 전부터 전해준 가르침에 따르면, 진정한 행복은 내면에 있다. 진정한 행복은 우리 속성이다. 진정한 행복은 우리 자신이다. 따라서 진정한 행복은 바깥세상에서 구할 수 있는 것이 아니다. 그러나 주변을 둘러보면 안타깝게도 거의 모든 사람이 정반대로 행동하고 있다. 진정한 행복을 구할 수 있는 곳에서 멀어지고 있을 뿐이다! 진정한 행복이 있는 곳인 내면세계에서 달아나고 있을 뿐이다! 재밌는 일이기도 하지만 슬프기도 하다. 우리가 바로 여기, 우리 내면에 행복을 안고 있는데…… 대체 우리는 무슨 짓을 하는 걸까?

계속해서 우리는 죽도록 일하고 또 일한다. 여행하고 쇼핑하며 먹고 마신다. 텔레비전을 보고 섹스를 하며 인간관계를 갈구한다. 뭔가를 끊임없이 해대지만 여전히 불행하다. 여전히 공허하다. 일과 여행, 쇼핑과 텔레비전과 섹스로는 우리를 치유할 수 없다는 뜻이다. 가슴앓이는 여전하고 욕망은 채워지지 않는다. 공허감을 메울 길이 없다.

우리가 찾는 행복이 바깥세계 어딘가에, 우리 주변의 어딘가에, 미래의 언젠가에, 지금 여기가 아닌 다른 어떤 곳에 있다고 생각하는 한 우리는 행복을 찾아 계속 헤매다녀야 한다. 하지만 어디에서도 행복은 찾아지지 않는다.

행복을 바깥세상에서 찾겠다는 생각, 따라서 아무리 소비하고 즐기며 여행을 해도 채워지지 않는 욕망은 이 지구에 사회·정치·경제적으로 엄청난 결과를 안긴다. 모두가 알고 있듯이, 세계 인구의 절반이 지독한 빈곤에 신음하지만 나머지 절반은 행복한 삶을 살겠다며 흥청망청 써댄다. 이런 식의 삶을 계속하면 결국 정치·사회적으로 감당하기 힘든 결과가 닥칠 것은 불을 보듯 뻔하다. 행복한 삶을 살고 싶다면 이제부터라도 바깥세계에서 내면의 세계로 관심을 돌려야 한다. 그래야 우리가 더 나은 세계를 만들어갈 수 있다. 이런 관점에서 볼 때, 개인적 행복의 추구는 결코 이기적인 행위가 아니다. 오히려 장기적으로는 우리가 이 땅에서 할 수 있는 가장 이타적인 행위일 수 있다.

8장

지금 눈앞에 닥친 일을 처리하고
다른 일은 잊어라

Are You
Happy Now?

힘들고 불행한 여덟 번째 이유는 지금 눈앞에 닥친 일을 처리하지 않고 허상과 씨름하며 지내기 때문이다

당신은 지금 눈앞에서 실제로 일어나는 현상을 말하고 있는가? 아니면 환상을 말하고 있는가? 혹시 지금 이 순간 당신 눈앞에서 실제로 일어나고 있는 일이 아닌, 그 사건이 뜻하는 바를 꾸며내서 말하고 있지는 않은가? 이 질문은 사실 충격적인 질문이다. 전에는 이런 관점에서 우리 행동을 생각해 본 적이 없기 때문이다. 사실 이렇게 생각하려면 혁명적인 의식 변화가 필요하다.

왜 그럴까? 우리 눈앞에서 펼쳐지는 사건의 의미를 면밀하게 검토해 보지 않고 선입견에 따라 기계적으로 해석해서 이야기를 꾸미기 때문이다. 그 때문에 우리는 지금 이 순간에 충실하지 못하고, 실제로 일어나는 일을 직시하지 못한다. 현실을 직시하지 못하기 때문에 선입견에 사로잡혀 조건반사를 거듭하며 기계적으로 행동한다. 달리 말하면, 사건의 의미를 거의 무의식적으로 추정하고 일반화시키며 투영한다. 지금 경험하는 새로운 사건의 참신한 의미를 읽어내지 못한다. 그 경험이 삶 자체이고, 지금 이 순간의 선물인데도 말이다.

그렇다면 지금 우리 눈앞에서 실제로 일어나는 사건을 직시하고, 정직하게 말하는 것이 가능할까? 나는 가능하다고 확신한다. 근거 없이 말하는 게 아니다. 내가 지금껏 살면서 지금 이 순간에 충실할 때의 황홀한 느낌을 근거로 대답하는 것이다. 그러나 내 경험에 따르면, 이런 의식의 변화에는 한 가지 조건이 필요하다. 의도, 즉 마음가짐도 지금 이 순간에 깨어 있어야 한다. 의도가 모든 것이기 때문이다. '깨어 있는 의도'에 대해서는 뒤에서 자세히 살펴보기로 하자.

지금 눈앞에 있는 사람에 대해 말하라.
과거의 이야기나 미래의 이야기를 하지 말라.

지금 눈앞에 있는 사람을 추측과 환상에 불과한 선입견으로 대하지 않고 있는 그대로 대하면 어떻게 될까? 우리 행동이 어떻게 변할까? 물론 이런 상상을 하는 게 어렵겠지만 시도를 해보자.

눈앞에 있는 사람을 당신 어머니라고 가정하자. 어머니는 분명히 존재한다. 바로 당신 눈앞에 서 있다. 한마디도 하지 않고 아무런 행동을 하지 않아도 어머니는 당신에게 온갖 감정을 불러일으키지 않는가? 이는 대체 무엇에 근거한 감정일까? 물론 많은 것에 근거한 감정이고, 과거에 있었던 온갖 경험에 근거한 감정이다. 또한 좋았던 경험과 싫었던 경험을 막론하고 그 경험들이 뜻하는 내용에 대해 당신이 꾸민 이야기에 근거한 감정이기도 하다. 당신은 지금 그 여자와 함께 서 있다. 그 여자가 우연히 당신 어머니일 뿐이다. 어머니를 보면 행복한 사람도 있을 거고 당혹스런 사람도 있을 것이다. 또 슬픈 사람도 있을 테고 화가 치미는 사람도 있을 것이다. 어머니에 대해 어떤 이야기를 꾸미느냐에 따라 감정도 달라진다. 그렇지 않은가? 우리 모두가 그렇다. 적어도 어머니의 모습을 머릿속으로 상상하는 부분에서 나는 전문가다!

그러나 이런 상상을 잠시 접어두고, 현실로 돌아가보자. 지금 이 순간으로 돌아와, 우리가 꾸민 이야기를 잠시 잊자. 지금 당신 눈앞에는 뭐가 있는가? 지금 당신 눈앞에 서 있는 여자를 있는 그대로 보자. 당신 눈앞에 있는 어머니 외에 또 뭐가 더 보이는가? 예전보다 훨씬 늙은 여자가, 쇼핑백을 들고 서 있다. 어머니는 조금 전에 피곤한 모습으로 집에 돌아왔다. 지금 이 순간 어머니를 보면서 그 이상 무엇을 더 알 수 있는가? 아무것도 없다. 피곤에 지친 어머니, 미소 짓는 어머니의 모습이 전부다. 이처럼 우리가 지금 이 순간에 깨어 있다면 모든 것이 우리 의식에 기록된다. 그러나 지금 이 순간에는 그 이상의 것은 알 수 없다. 따라서 이렇게 물어보자. 방금 집에 돌아온 어머니라는 여자에 대해 아무것도 모른다면 우리가 무엇을 할 수 있을까? 어머니에 대해 어떤 선입견도 없다면 우리는 어머니를 어떻게 대하게 될까? 이따위 질문이 어딨냐고, 어떻게 그런 상상이 가능하냐고 핀잔하는 소리가 내 귀에 들리는 듯하다. 그러나 괘씸한 질문이라 욕하지 말고 진지하게 대답해 보기 바란다. 잠시만이라도 의식적으로 이런 생각을 해보며, 어떤 그림이 그려지는지 머릿속으로 상상해 보라. 이처럼 관점을 바꾸려 애쓸 때 잠시만이라도 해방감을 맛볼 수 있다. 내 말을 믿고 당신도 시도해 보기 바란다.

새로운 삶을 위하여

책을 내려놓고, 지금 어머니를 만나고 있다고 상상해 보자. 당신이 지금껏 알고 있던 것과 달리 어머니에 대해 아무것도 모른다고 가정하자. 오늘 처음 어머니를 만났다고 상상해 보자. 따라서 어린 시절의 기억도 없고 선입견도 없다. 어떤 기분일까? 아무런 과거도 없이 어른이 돼서 처음 어머니를 만났다고 가정하면 그 만남이 어떤 모습일까?

물론 상상하기 힘든 일이다. 하지만 완전히 새로운 땅에 들어갈 때 어떤 느낌인지 생각해 보라.

당신은 지금 어머니라는 여자와 나란히 서 있다. 그 여자에 대해 아무것도 모른다. 이때 당신은 무엇을 하겠는가? 당신이 지금껏 살아온 이야기 속에 존재하지 않는 여자와 얼굴을 마주했을 때 내면의 목소리가 뭐라고 말하겠는가?

첫째, 당신은 그 여자를 유심히 관찰하면서 어떻게 대해야 할지 결정할 것이다. 이 과정에서 당신은 그 여자를 자연스럽게, 아무런 편견도 없이 '직시'하려 애쓸 것이다. 그 여자를 정확히 관찰해서 다음에 취할 행동을 결정하려면 지금 이 순간에 충실해야 하기 때문이다. 지금 당신 앞에 서 있는 여자의 현재를 봐야만 한다. 그렇지 않으면 다음에 취할 행동의 실마리를 찾지 못하기 때문이다. 따라서 당신은 눈을 크게 뜨고 정확히 관찰할 것이다. 그 여자를 온통 빨아들일 듯이 관찰할 것이다.

그래서 무엇을 찾아냈는가? 당신이 어머니에 대해 전혀 몰랐던 것을 찾아냈는가? 지금껏 생각하던 어머니와 다르다는 걸 알아냈는가? 피곤에 지친 모습이란 걸 알아냈는가? 목소리에 당신을 향한 애정이 담겨 있다는 걸 새삼스레 깨달았는가? 재미있게 말하고, 외계에서 방금 온 사람처럼 행동하는 걸 알았는가?…… 이처럼 어머니의 새로운 모습을 알게 되면 우리 삶이 어떻게 변할까? 당신 어머니에게 당장 실험해 보라. 과거를 깨끗이 잊고 어머니를 처음 만나서 관찰한다고 상상해 보라.

흥미로운 경험

가능하지 않을 거라고 말하겠지만 한 번쯤은 실험해 보고 싶지 않은가? 내 말을 믿고 실험해 보면 허를 찔린 기분일 것이다. 우리는 어머니에 대해 많은 편견을 갖고 있기 때문이다. 어머니에 대해서 효과를 보았다면, 우리와 관계된 다른 사람에게도 똑같이 적용해 볼 수 있다. 역시 똑같은 결론에 이를 것이다. 우리가 편견과 선입견에 얽매여 사람들을 추측하고 짐작해 왔다는 증거다. 요컨대 우리가 허상과 씨름하고 있다는 뜻이다! 따라서 우리는 이렇게 자문해 봐야 한다. 눈앞에 있는 사람을 선입견 없이 본래의 모습대로 대한다면 우리 행동이 어떻게 변할까?

그 대답은 너무 자명해서 크게 한 방 얻어맞은 기분일 것이다. 우리는 틀림없이 다른 식으로 행동할 것이다. 그를 지금과는 완전히 다르게 대할 것이다. 우리가 완전히 새로운 사람이 된 듯한 기분일 것이고, 그와의 관계에서 더 큰 사랑이 싹틀 것이다. 분명히 말하지만, 내 말대로 실험해 보면 당신도 이런 변화를 실감할 것이다. 선입견에 근거한 이야기를 지워버리면 우리는 누구나 사랑하게 돼 있다. 선입견과 편견을 지워버리면 모든 것이 낯설고 새롭게 보이기 때문이다. 지금 이 순간에 충실하기 위해서라도 우리 자신과 내면의 목소리에 의지할 수밖에 없기 때문이다.

나는 이 실험을 할 때마다 상대방이 사랑스러워진다.

생각해 보자. 모든 편견을 지워버리고 사랑하는 사람과 함께 있을 때, 친구들과 함께 있을 때 어떤 기분이겠는가? 자식과 함께 있을 때 어떤 기분이겠는가? 매 순간이 놀랍지 않겠는가? 과거에 있었던 일을 하나도 기억할 수 없다면 머리가 한결 맑아져서 지금 이 순간의 경이로움을 마음껏 즐길 수 있지 않겠는가!

과거를 지워버리고 현재에 충실하면 곧바로 편안해진다. 긴장과 걱정이 사라진다. 그럴 수밖에 없다. 긴장과 걱정은 바로 우리가 꾸민 이야기에서 오는 것이기 때문이다.

이런 메커니즘을 꿰뚫어보고 현실을 직시하면, 전에는 왜 그렇게 살지 못했던가 아쉬울 뿐이다. 또 그동안 근거도 없이 자기만의 이야기를 꾸미느라 정신적 에너지를 헛되이 낭비했다는 것을 깨닫게 된다. 착각과 싸우면서 얼마나 스스로를 피곤하게 했는지도! 과거를 지워버리면 무엇이 남을까? 도대체 과거라는 것이 어디에 있다고 과거에 얽매여 사는 것일까? 미래를 머릿속에서 지워버리면 무엇이 남을까? 현재의 순간을 제외하면 진짜인 것은 없다! 현재만이 중요할 뿐이다.

현재에서 멀어지면

우리가 이야기를 꾸밀 때 어떤 결과가 닥칠까? 바로 이 순간에도 우리는 현재에 대한 이야기를 꾸며내면서 현실과 멀어진다. 이처럼 이야기를 꾸미는 짓이 바람직하지 않다는 것은 앞에서도 말했다. 게다가 우리가 지금 무엇을 하는지도 제대로 인식하지 못해, 행복하게 살고픈 욕구를 억압하는 동시에 고통의 씨앗을 뿌리고 있다는 사실조차 깨닫지 못한다.

현실을 직시하려면

현재의 순간에 충실하다는 것은 여과장치 없이 세상을 본다는 뜻이기도 하다. 우리가 꾸민 이야기는 우리와 현실 사이에서 여과장치

역할을 한다. 꾸민 이야기를 걷어내면 현실을 직시하게 된다. 삶 자체를 볼 수 있고, 행복이 무엇인지 깨닫게 된다.

그러나 우리 대부분은 아주 짧은 순간을 제외하고는 현실을 직시하지 못한다. 말을 하면 그게 곧 이야기가 되므로 말로 설명하기는 무척 힘들다. 어쨌든 내가 지금 이 순간에 사용하는 단어들은 당신이 어떤 여과장치도 없이 현재의 순간, 즉 지금이란 방향으로 나아갈 수 있도록 도와주는 방향타에 불과하다.

직시는 꾸민 이야기가 없다.
직시는 우리 앞에 놓인 것에 대한 해석이 없다.
직시는 머릿속에서 맴도는 생각의 투영이 없다.
직시는 생각의 흐름이 자유로워 어떤 집착도 없다.

생각은 저절로 떠오르는 것이다. 생각은 우리와 아무런 관계가 없다. 우리는 생각과 전혀 관계가 없다. 생각은 그냥 떠오를 뿐이다. 그냥 머릿속에 나타날 뿐이다. 그것이 생각의 존재 방식이다. 또 우리의 속성이기도 하다. 생각이 그냥 떠오른다고 해서 그 자체로 나쁠 것은 없다. 우리가 지나치게 머리를 굴리는 것이 문제다. 과거나 미래에 대한 억지스런 생각에 사로잡혀, 현재라는 소중한 시간과 본

연의 행복한 상태를 놓쳐버린다.

삶이라는 선물은 바로 우리 앞에 주어진 시간이지만, 우리는 그 선물을 놓쳐버린다. 그리고 바로 여기에 있는 행복을 찾아 다른 곳을 미친 듯이 헤매고 다닌다.

따라서 행복한 삶을 살고 싶다면, 하루에 잠시라도 짬을 내어 모든 일을 멈추고 주변을 둘러보라. 잠깐만이라도 세상의 흐름에서 벗어나 주변을 있는 그대로 살펴보라. 우리 앞에 무엇이 있는지 정직하게 살펴보라.

이는 재밌는 실험이 될 것이다. 그리고 그 결과에 놀라지 않을 수 없을 것이다. 이런 훈련을 꾸준히 반복하면, 어느 날 갑자기 당신을 옭아매던 선입견들이 사라지기 시작한다. 내 경험에 따르면, 새로운 통찰력이 생기고 믿기지 않는 평온함이 밀려온다.

그리고 삶이 단순해지고 즐거워진다.

정말이다, 정말!

그 밖에 또 무엇을 깨닫게 될까? 현실이 만면에 미소를 머금고 지금 당신 앞에 서 있는 사람이란 것을 깨닫게 된다.

또 현실이 당신 앞에서 지금 울고 있음을 깨닫게 된다.

현실이 지금 당신 책상 위에서 울려대는 전화, 혹은 부엌 식탁 위에 놓은 접시라는 걸 깨닫게 된다.

지금 이 순간에 충실하면서 현재에 집중할 때 삶은 한결 단순해진다. 그럼 우리가 무엇을 해야 하는지도 분명해진다. 현재에 충실하면 우리가 달리 무엇을 할 수 있겠는가? 달리 해야 할 일로 무엇이 있겠는가? 우리가 지금 눈앞에 있는 것을 사랑하는 마음으로 지혜롭게 처리하는 것 외에 무엇이겠는가?

지금 눈앞의 상황에 집중하라.
과거와 미래의 이야기에 눈을 돌리지 말라.

내 경험을 예로 들어 설명해 보자. 이야기를 꾸미는 데서 벗어나 현실을 직시할 때 나는 머리가 텅 비는 듯하다. '언어 없는 공간'이라 말할 수도 있다. 그와 더불어, 온몸이 편안해진다. 감미롭기 그지없는 순간이다. 모든 것을 사랑하고픈 마음까지 싹튼다. 그 이유를 말할 수는 없지만 분명히 그렇게 느낀다. 지금 이 순간에 강렬하게 밀려오는 느낌은 그 자체로 옳은 행동이기도 하지만, 우리를 옳은 선택으로 인도한다. 모든 것이 자연스런 흐름이다. 말로는 표현하기 힘든 깨달음이다. 달리 말하면, 본능적으로 옳다고 생각되는 행동이 자연스레 표현되는 것처럼 우리가 어떻게 해야 하는지 안다는 느낌이다. 본능적인 행동이 우리 자신이기 때문이고, 그때 우리의 모든 것이 드러나기 때문이다. 이런 내면의 지혜가 바로 우리 자신이기도 하다.

현실을 직시한다는 것은, 항상 우리 안에 있지만 지금껏 알아차리지 못했던 것을 찾아낸다는 뜻이다. 그 '무엇'은 내면의 지혜와 함께할 때 언제나 올바른 방향으로 움직인다. 거듭 말하지만, 내면의 지혜는 우리 자신이다.

내면의 지혜는 우리에게 어떤 도움도 구하지 않으면서 언제나 올바른 방향으로 움직인다. 우리가 어떤 이야기를 만들어내고, 어떤 선입견을 믿더라도 내면의 지혜는 거기에 좌우되지 않는다. 놀랍고 당혹스럽기도 한 깨달음이다. 특히 우리가 중요한 존재이고 모든 것을 조절할 수 있는 존재라고 생각한다면 더욱 그렇다. 우리가 내면의 지혜에 어떤 영향도 미치지 못한다는 것은 엄연한 사실이다. 내면의 지혜는 우리에게 어떤 방해도 받지 않고 우리를 보살핀다. 우리가 간섭하지 않으면 내면의 지혜는 더 뛰어난 능력을 발휘한다.

그렇다, 내버려둬라!

물론 어렵기는 하다. 하지만 '내버려두는' 효과를 알아야 한다. 우리가 궁극적으로 지배할 수 없는 것을 지배하겠다고 안달할 때보다 저절로 굴러가도록 내버려둘 때 우리 마음이 훨씬 편안하다. 그러나 우리 대부분은 그런 사실을 직시하지 못한다. 따라서 우리는 결코 승리하지 못할 '지배 전쟁(Control Game)'에 엄청난 정신 에너지를 허비하고 있다.

지배 전쟁

지배 전쟁에 대해 잠시 살펴보자. 과거에 나는 모든 것을 마음대로 조절할 수 있다고 생각했었다. 당신도 한때는 이런 생각을 해봤을 것이다. 그럼 이렇게 생각해 보자. 내가 정말로 모든 것을 마음대로 조절할 수 있을까? 내가 무엇을 마음대로 조절할 수 있을까?

내 몸을 내 뜻대로 조절할 수 있을까? 그렇지 않다. 나는 몸이 완벽하게 기능하기를 원하는데 몸은 자꾸 아프다. 또 내 의도와는 상관없이 몸이 호흡과 그 밖의 것을 자동적으로 처리하면서 생명을 유지하고 있다. 나는 몸에게 호흡하고 먹은 것을 소화시키라고 요구한 적이 없다. 또 내 뜻대로 호흡을 멈추거나 먹은 것을 소화시키는 행위를 멈출 수도 없다. 몸은 그저 호흡할 뿐이다. 호흡하는 주체는 내가 아니다. 나는 몸의 호흡에서 혜택받을 뿐이다. 심장과 소화기관처럼, 내 몸의 다른 많은 부분처럼 호흡기관도 혼자 힘으로 움직인다. 모든 것이 자동으로 진행된다.

그럼 정신은 어떨까? 정신은 마음대로 조절할 수 있을까? 역시 말도 안 되는 소리다. 예컨대 배꼽 위에 두 손을 얹고 가만히 앉아 묵상하면서, 5분 동안만 머릿속에서 생각을 지워버리고 호흡하는 데 열중해 보라. 제대로 되는가? 천만의 말씀이다. 우리가 과거에 뭐라고 배웠든 간에, 묵상과 호흡이라는 지극히 기초적인 수련을 통해서도 우리는 우리 정신조차 제대로 지배할 수 없다는 사실을 깨닫는다. 우리 정신은 온갖 것에 끼어들고, 생각은 시시때때로 얼굴을 들이댄다. 생각의 존재 방식이 그렇고, 그게 현실이기도 하다. 생각은 떠올랐다 사라진다. 생각의 이런 흐름에 우리가 할 수 있는 일은 그다지 많지 않다. 모든 면에서 유능하다고 자부하며 모든 것을 조절할 수 있다고 생각하는 사람도 다를 바가 없다. 누구도 자신의 정신을 지배할 수 없다! 정신은 어떤 이유로든 자체의 존재 방식을 갖는다. 누구도 부인할 수 없는 진실이다. 우리는 어떤 이유로든 뭔가를 의식하고, 그 순간에 생각이 시작된다. 생각은 그런 식으로 존재한다.

그렇다면 무엇이 무엇을 지배한다고 말할 수 있을까? 우리가 정말로 뭔가를 지배한다고 말할 수 있을까? 우리가 뭔가를 지배한다는 믿음을 단숨에 허물어뜨리는 아찔한 질문이 아닐 수 없다.

인도의 위대한 스승, 스리 니사르가다타 마하라지는 "우주가 개입하지 않으면 어떤 일도 일어날 수 없다는 걸 우리가 안다면 에너지를 덜 쓰면서도 더 많은 일을 이뤄낼 수 있을 것이다"라고 말했다.

따라서 '우리가 무엇을 할 수 있겠는가?'라는 의문이 생긴다.

매달리고 있지는 않은가?

우리가 마음대로 조절할 수 있는 게 거의 없다는 사실을 깨달으면 더불어 많은 것을 깨닫는다. 그중 하나가 '매달림'(Leaning)이다. 매달림은 지배 전쟁과 밀접한 관계가 있다. 결코 지배할 수 없는 것을 어떻게 해보려고 안달하며 힘을 쏟는 과정이 '매달림'이다. 세상사는 우리 뜻대로 되지 않는다. 그런데도 우리는 특정한 결과를 바라고 매달린다. 뭔가가 일어나기를, 혹은 일어나지 않기를 바란다. 매달림의 문제는 우리가 좌지우지할 수 없는 결과를 열망하고 갈망하며 힘을 쏟는다는 데 있다. 예를 들어, 당신은 어떤 프로젝트를 시작하며 성공하기를 바란다. 혹은 당신에게 할당된 일을 시작하며 상사가 당신의 성과물을 흡족하게 여기기를 바란다. 또 멋진 데이트를 위해서 예쁘게 차려입고 남자 친구의 눈에 들기를 바란다. 이처럼 어떤 경우에나 '매달림'이 끼어든다. 구체적으로 설명해 보자.

1) 당신은 어떤 프로젝트를 시작하며 성공하기를 바란다.

당신이 어떤 프로젝트를 시작한 것은 사실이다! 당신은 그 프로젝트의 완성을 위해서 모든 능력을 동원해 이런저런 일을 한다. 물론 여기까지는 당신이 조절할 수 있는 범위 내에 있다. 하지만 그 노력의 결과는 생각하지 않는 게 좋다. 결과까지 우리가 마음대로 결정할 수 있는 것은 아니기 때문이다. 결과와 성공 여부를 걱정할 때 당신은 매달리게 된다. 마음의 평정을 유지하는 데도 좋지 않다. 최선을 다하고 결과는 우주의 섭리에 맡기는 게 현명하다. 세상사란 원래 그렇다. 당신이 어떤 생각을 하고, 어떤 노력을 하더라도 결과는 당신의 지배권을 벗어난다. 이것이 현실이다. 뭐든지 조절할 수 있어야 한다는 생각에서 스트레스가 쌓이고, 걱정과 번민이 밀려온다.

2) 당신의 일을 하면서 상사가 당신의 성과물을 흡족하게 생각하기 바란다.

행복한 삶을 살고 싶다면 능력을 다해 최선을 다하고 결과는 깨끗이 잊어라. 상사가 당신의 성과물을 어떻게 판단할지 걱정하지 마라. 전력을 다해 일하고 결과는 잊어라. 상사의 생각까지 당신이 지배할 수는 없다. 상사의 칭찬을 바라며 걱정하는 데 에너지를 허비한다면 헛된 것에 매달리며 피곤을 자초하는 길이다.

3) 멋진 데이트를 위해서 예쁘게 차려입고 남자 친구의 눈에 들기

를 바란다.

이는 달을 보며 울부짖는 짓이나 다를 바가 없다. 당신 자신을 위해 예쁘게 차려입고 그 후의 결과는 우주의 섭리에 맡겨라. 남자 친구가 당신을 좋아하느냐 않느냐는 당신이 눈 화장을 어떻게 하고 어떤 옷을 입느냐와 관계가 없다. 따라서 데이트를 정말로 즐기고 싶다면 나머지는 우주의 섭리에 맡기고 헛된 것에 매달리지 마라. 남자 친구가 아니더라도 당신을 알아줄 사람이 어딘가에 있을 것이다.

매달림에서 벗어나려면

이 책에서 다룬 다른 모든 것과 마찬가지로, 우리 행동을 좀더 분명하게 의식할 때, 매달림에서 벗어날 수 있다. 매달림에서 벗어나는 것도 하나의 과정이다. 깨달음이 먼저 있어야 한다. 뭔가를 지배하려는 욕심에서 벗어나야 한다는 걸 깨달아야 한다. 내버려둘 수 있어야 한다. 그렇다고 소극적이 되거나 최선을 다하지 말라는 뜻은 결코 아니다. 우리는 어떤 경우에나 최선을 다해야 한다! 끊임없이 우리 의도와 목적 및 동기를 점검해야 한다. 우리가 상상할 수 있는 최고의 것을 목표로 삼아야 한다. 그러나 우리 몫을 다한 후에는 편한 마음으로 결과를 기다려야 한다. 달리 말하면, 특별한 결과를 바라며 안달하지 말고 결과는 우주의 섭리에 맡겨야 한다. 최선을 다하고 결과에 연연하지 않는 자세야말로 균형 잡힌 태도다. 최선을 다하되 결과는 잊어라.

우리가 어떤 행위를 하든 간에 그 행위로 인해 일련의 사건이 벌어진다. 우리가 상상할 수 있는 최선의 목표를 향해서 최선을 다하는 것 외에 그 이상 무엇을 할 수 있겠는가? 물론 우리는 멋진 결말을 바란다. 그러나 우리 삶이 멋진 쇼를 만들어 내고자 하는 것은 아니다. 우리는 삶의 흐름에 참여하고 있을 뿐이다. 그 결과에 연연하지 않을 때 삶의 여정이 더욱 즐거워지는 법이다.

성공과 실패를 왜 걱정하는가? 우리 자신을 믿고 편히 지내는 편이 낫다. 그녀가 나를 사랑할까, 사랑하지 않을까? 왜 그런 걱정을 하나? 우리만의 고유한 가치를 깨닫고, 그녀에게 평생 동안 사랑할 사람을 스스로 찾도록 내버려두어라. 물론 그 사람이 내가 될 수도 있다. 상사가 내 성과를 흡족하게 생각할까? 왜 그런 걱정을 하나? 어디서든 탁월한 능력을 보여주고, 결과는 우주의 섭리에 맡기는 편이 낫다. 포상을 받을 수 있을까? 그런 걱정은 스트레스만 쌓일 뿐이다. 탁월한 능력을 보였다면 그것으로 충분하다.

매달리지 말고 결과에 연연하지 않는다면 마음이 편안하다. 걱정이 우리 마음을 갉아먹는 것이다.

의도와 동기를 순수하게 끝까지 유지하라.

전력을 다했으면 그것으로 충분하다.

그것이 지금 이 순간에 충실하며 행복한 삶을 살 수 있는 확실한 방법이다.

생득적 지혜

위와 같은 원칙을 지킬 때 우리는 삶의 생득적 지혜(Natural Intelligence)를 되찾는다. 편안히 앉아 삶의 흐름을 묵상해 보라. 그럼 우리의 생득적 지혜는 어느 순간에나 올바른 답을 정확히 안다는 사실을 깨닫게 된다. 삶은 조용히 움직여 나아가고, 스스로 속도를 조절한다. 항상 균형점을 찾으면서 상황에 맞춰 나가려 한다. 하지만 한 형태의 삶을 더 이상 유지할 수 없게 되면, 옛 형태는 무너지고 삶은 다른 형태를 찾기 시작한다. 이처럼 새로운 형태가 나타났다 사라지는 흐름을 반복하며 삶은 끊임없이 균형과 조화를 추구한다.

현실 점검

이쯤에서 잠시 멈추고 현실을 점검해 보자. 우리는 지금 어디에 있는가? 이 책을 읽는 지금, 당신은 이 순간에 충실한가? 아니면, 부분적으로만 여기에 몸을 맡기고 나머지 부분은 환상과 무의미한 생각으로 에너지를 허비하고 있지 않은가?

책을 덮고, 지금 당신 눈앞에 무엇이 보이는지 찬찬히 둘러보라. 이야기를 꾸미지 말고, 그냥 보기만 하라. 당신은 지금 여기에 있을 뿐이다. 책을 손에 들고 앉아 있다. 이것이 지금 이 순간의 현실이다. 당신은 자연스레 떠오르는 생각을 뒤쫓지 않고, 자신이 꾸미는 이야기에 휩쓸리지 않고, 단 일 분이라도 이 순간과 자신에게 충실하면서 편하게 지낼 수 있는가? 그러나 문제는, 이런 생각들을 자연스레 떠올랐다가 사라지게 내버려둘 수 있느냐는 것이다. 머릿속에 떠오른 생각을 뒤쫓지 않고, 자신의 문제로 비화시키지 않으며, 그 생각에 휩쓸리지 않는 것이 중요하다. 달리 말하면, 머릿속에 떠오른 생각이 자연스럽게 사라지게 내버려두면서, 조용히 앉아 지금 이 순간에 충실할 수 있느냐는 것이다.

물론 어려운 일이다. 또 유난히 어려운 때도 있다. 하지만 이런 경지에 이르면 산처럼 굳건한 안정감을 할 수 있다. 나는 여기에 버티고 앉아 있는 산이다! 머릿속에 떠오른 생각들은 산꼭대기에 떠 있는 작은 구름에 불과하다. 그까짓 구름이 산을 방해할 수는 없다. 산은 그런 구름을 번거롭게 생각하지 않는다. 산은 구름을 없애려고 어떤 짓도 하지 않는다. 산은 그저 가만히 있고, 구름은 그 옆에 떠 있을 뿐이다. 산과 구름의 관계는 그 이상도 이하도 아니다. 이렇게 생각한다면 지금 이 순간에 완전히 몰입할 수 있지 않겠는가!

그런 식으로 생각해 보라. 산이 돼서 조용히 앉아 있다고 생각해 보라. 그리고 생각이 떠올랐다 사라지게 내버려두라.

이런 훈련을 한동안 계속하면, 새로운 깨달음이 찾아온다. 과거에 있었던 일로 현재를 꾸미지 않고 미래를 섣불리 예상하지 않으면 무엇이 남는가? 근거 없이 이야기를 꾸미지 않으면 무엇이 남는가?

당신도 이제 그 답을 안다. 단순하고 더없이 즐거우며, 평화롭고 안전한 현재의 순간만이 남는다. 지금 당신에게 온갖 영화가 쏟아진다. 기분 좋지 않은가? 수련이 깊지 않아 이런 순간을 오랫동안 유지하지 못하더라도 잠시나마 지극히 편안하고 기분 좋지 않았는가?

이런 것이 행복이 아니라면 무엇이 행복이겠는가?

사람들은 아무것도 하지 않는 게
가장 쉬운 일이라고 생각하지만, 실제로는 세상에서
가장 어려운 일이 아무것도 하지 않는 것이다.

230

이 순간의 스트레스를 날려버리려면

이 장에서 지금까지 우리는 외적인 상황을 해결하는 법을 주로 다루었다. 그러나 내적인 사건, 즉 불쾌하고 짜증나는 감정은 어떻게 해소해야 할까?

앞에서도 말했지만, 외적인 상황은 우리에게 어떤 영향도 미칠 수 없으며, 우리에게 불안과 고통, 두려움과 스트레스를 주는 것은 우리 마음속에 자리잡은 검증되지 않은 생각이다. 생각이 없다면 우리는 아무런 감정도 느낄 수 없다. 두려움과 불안, 분노와 슬픔 등 우리가 느끼는 불쾌한 감정은 생각의 산물이다. 불쾌한 감정은, 우리에게 고민거리를 떠안기는 생각이나 꾸며낸 이야기가 있다고 말해 주는 신호다. 따라서 우리 생각과 꾸민 이야기, 즉 잠재된 믿음을 철저하게 검증하는 것이 불쾌하고 불편한 감정에서 해방되는 가장 효과적인 방법이다. 그러나 꾸민 이야기와 잠재된 믿음을 검증하고 조사하는 데는 시간이 걸린다. 많은 사람에게 평생이 걸릴 수도 있는 일이다. 물론 그 과정 속에서도 불편하고 불쾌한 감정에 휩싸일 수 있다. 따라서 그런 감정에 휩싸일 때마다 '지금 이 순간에 그 감정에서 벗어날 수 있는 최선의 방법이 무엇인가?' 라는 질문을 거듭해야 한다. 즉 불쾌한 감정 뒤에 도사린 생각을 조사해서, 그 생각에 진실의 빛을 비출 때까지 그 감정을 해소할 수 있는 최선의 방법을 찾아야 한다.

감정을 두려워하는가?

많은 사람이 그렇듯이, 나도 내 감정을 두려워하며 많은 시간을 보냈다. 우리가 감정을 두려워하는 이유는 감정을 슬기롭게 해소할 도구가 없기 때문이고, 감정이 너무 강렬해서 쉽게 감정에 휩쓸린다고 생각하기 때문이다. 따라서 격렬한 감정이 밀려오면 우리는 두려움에 떤다. 감정에 휩쓸려 자제심을 잃을까 겁나기 때문이다. 감정은 우리를 단숨에 삼켜버리는 커다란 괴물이라고 생각하기 때문에, 우리는 감정을 무작정 억누르거나 감정에서 벗어나려 애쓴다. 그러나 감정은 회피할수록 더 무섭게 밀려온다. 두려움과 공포심은 우리를 더 깊은 불안감으로 몰아넣고, 모든 것을 더 악화시키는 듯하다.

아무런 근거 없이 두려움에 휩싸이는 나 자신을 지켜보면서, 괜스레 두려움에 짓눌리는 것보다 현실에 충실하면서 내면의 목소리에 귀를 기울여야 두려움을 효과적으로 이겨낼 수 있다는 사실을 깨닫기 시작했다. 물론 두려움이 밀려올 때 내면의 목소리를 찾기가 무척 어려운 것은 사실이다. 하지만 훈련하면 얼마든지 해낼 수 있다!

구체적으로 설명해 보자. 때때로 격렬한 감정에 짓눌려서 올바른 판단을 하기가 힘들면, 내면의 목소리에 집중하는 힘을 키워야 한다. 상황이 바람직하지 않은 방향으로 전개되면 감정에 휩싸이기 전에 미리 한 걸음쯤 물러설 줄 알아야 한다. 달리 말하면, 자기 자신을 냉정하게 관찰하는 시간을 미리 준비해야 한다. 현실에서 냉정하게 처신하기 어렵기는 하지만, 어떤 상황이 닥쳐도 본래의 의도와 목표를 포기하지 않겠다고 다짐해야 한다. 물론 많은 연습과 훈련이 필요하다. 그러나 그 요령을 터득하고 나면 모든 것이 변한다.

의도가 모든 것이다.

냉정하게 관찰하기

정신을 똑바로 차리고 내면의 소리에 귀를 기울이면, 즉 당혹스런 감정이 밀려올 때도 현실에 충실하면서 자신을 냉정하게 관찰하면 어떻게 될까? 아무런 변화가 없다고 할 수도 있지만, 정반대로 모든 것이 변한다고 말할 수도 있다. 몰두한다고 해서 불편한 감정이나 두려움 또는 슬픈 감정이 바뀌지는 않는다. 그런 감정은 여전히 우리 마음속에 자리잡고 있다. 불안감과 두려움과 슬픔은 여전히 불쾌하고 불편하게 느껴진다. 그러나 몰두하면, 그런 감정에서 비롯되는 부담이 결국에는 줄어들게 마련이다. 몰두하면 우리 안에서 일정한 간격이 생긴다. 따라서 자제력을 유지하면서 격렬한 감정을 억제할 수 있다. 이런 깨달음을 통해서 우리는 모든 것을 변화시킬 수 있다.

일정한 거리를 두고 자신과 두려움을 관찰할 때, 의식에서도 변화가 일어나면서 감정의 강력한 지배력에서 벗어날 수 있다. 달리 말하면, 두려움보다 더 강한 힘이 우리 안에 있다는 뜻이다. 우리가 두렵게만 생각하던 감정까지 포용하면서 더불어 함께 살 수 있는 힘이 우리 안에 있다는 뜻이다. 그야말로 우리를 모든 족쇄에서 해방시켜주는 깨달음이 아닐 수 없다. 물론 이런 경지에 쉽게 이를 수는 없다. 적어도 나는 그랬다. 날카로운 인식력이 필요하고, 훈련이 필요하다. 반복된 훈련과 강력한 목적의식이 필요하다.

따라서, 몰두해서 내면의 소리에 귀를 기울이겠다고 결심한 후에 금방 마음의 위안을 얻지 못하더라도 실망하지 마라. 즉각적인 위안을 바란다는 것은 결과를 바라고 기대한다는 뜻이다. 즉 거북하고 두려운 감정을 끌어안으며 존재하지 못하고, '매달린다'는 뜻이다. 모든 부분이 그렇듯이, 더 나은 삶을 바란다는 욕심 자체가 '매달림'이기 때문에 오히려 더 나은 삶을 방해하는 요인이 된다. 요컨대 우리는 지나치게 안달하며 욕심낼수록 정작 필요한 것을 멀리 밀어내는 경향이 있다.

아무것도 하지 말고 보기만 하라

그럼, 어떻게 해야 감정의 지배에서 벗어날 수 있을까? 두려움이나 당혹감이 밀려올 때 어떻게 해야 정신을 집중할 수 있을까? 현재에 충실하기로 결심했다면 현재에 충실하기만 하면 된다. 조용히 앉아 우리 자신을 신중히 관찰해 보자. 산책을 하면서 우리 자신을 신중히 관찰해 보자. 아니면 편하게 천장을 보고 누워서 우리 자신을 신중히 관찰해 보자. 달리 말해, 우리 자신에게 온 관심을 집중해 보자. 의식의 흐름을 느껴보자. 그러나 아무것도 하지 마라. 어떤 것도 간섭하지 마라. 뭔가를 바꾸겠다고 애쓰지 마라. 눈에 보이는 것을 판단하지 마라. 느낌을 좋다거나 나쁘다고 이름붙이지 마라. 감정과 느낌과 기분이 어떻게 변하는지 지켜보기만 하라.

모든 것을 있는 그대로 내버려두라.

모든 사건이 전개되는 대로 내버려두라.

어떤 것에도 저항하지 마라.

보기만 하고 아무것도 하지 마라.

의식을 갖고 정신을 집중해서 현재에 충실하며 지켜보기만 하는 것도 크나큰 경험이 될 것이다. 구체적으로 말하면, 당신 자신에게 자상하고 현명한 어머니가 되고, 두려움에 싸인 자식을 사랑의 눈길로 지켜보는 자상하고 현명한 어머니가 되라는 뜻이다. 당신은 주의 깊은 어머니인 동시에 두려움에 싸인 자식이다. 이런 식으로 정신을 집중할 때 당신의 초점은 당신 안에 깃든, 두려움에 떠는 아이에서 자상한 어머니라는 쪽으로 이동한다. 그때 현명한 어머니로서 당신은 당신의 두려움을 지켜보고, 사랑과 이해로 당신을 감싸준다. 여느 현명하고 주의 깊은 어머니가 그렇듯이, 당신은 두려움에 저항하며 그 감정을 없애려고 하지 않아도 당신 자신에게 충실할 수 있다는 사실을 생득적 지혜로 깨닫는다. 이때 우리는 자신을 지키면서도 편하게 지낼 수 있다.

저항해도 소용없다

지금껏 살아오면서 터득한 교훈에 따르면, 스트레스와 관련된 감정을 억누르거나 무시해서는 그 감정에서 벗어날 수 없다. 아무리 노력해도 소용이 없다. 삶이 우리에게 가르쳐주는 교훈은 오히려 정반대다. 불쾌한 감정은 억누르고 무시하면 더 악화된다.

우리는 앞에서 몰두, 즉 정신을 집중하는 법을 배웠다. 배웠다면 실천해 봐야 한다. 격렬한 감정에 위협을 느껴 도피하지 말고, 조용히 앉아 심호흡을 하면서 그 감정을 고스란히 받아들이자. 몰두하면 마음이 편안하다. 격렬한 파도가 휘몰아쳐도 바다가 아무런 피해를 입지 않듯이, 격렬한 감정도 대응하지 않으면 아무런 피해를 입히지 못한다. 몰두는 일종의 묵상이다. 이런 깨달음, 즉 조용히 앉아 자신과 함께하며 아무것도 하지 않고 어떤 것도 기대하지 않는 것이 묵상의 전부다. 우리가 어떤 것도 성취할 필요가 없을 때의 느낌도 크게 다르지 않다.

따라서 조용히 앉아 심호흡하면서, 감정이 밀려왔다 사라지는 것을 느껴보자. 그 과정에서 아무것도 하지 말아야 한다. 이런 식으로 훈련하며 세상의 흐름에 몸을 맡길 때 우리는 두려움이라는 감정에서 벗어날 수 있다. 정신집중과 관찰과 묵상의 수련을 거듭할 때, 감정은 위험하다는 잘못된 믿음에서 서서히 벗어날 수 있다. 특히 4장에서 살펴봤듯이 근거 없이 꾸민 이야기를 검증하는 기법까지 이 훈련에 더한다면, 우리가 두려워하던 감정의 족쇄에서 조금이라도 더 빨리 벗어날 수 있다. 우리 삶이 한결 행복한 시간으로 변해갈 것이다.

깨어 있으라

따라서 내적 사건을 다룰 때나 외적 사건을 다룰 때, 또 현재에 충실하며 눈앞의 사건을 다룰 때도 우리는 항상 깨어 있어야 한다. 깨어 있는 단계에 이르는 유일한 방법은 깨어 있겠다는 의도와 목표를 갖는 것이다. 의도가 모든 것이다. 진지한 자세로 분명한 의도를 가져라! 지금 이 순간에는 깨어 있겠다고 다짐하라. 정신을 집중해서 현실을 직시하며, 어떤 간섭이나 해석도 하지 않겠다고 다짐하라. 현실을 성심껏 받아들여라.

판단하지 않고 보기만 하겠다고 다짐하라. 우리 의견은 보태지 않겠다고 다짐하라. 지금 이 순간에 충실하면서 이 순간의 변덕을 있는 그대로 받아들이겠다고 다짐하라. 그럼, 시간이 지나면 어느새 우리는 다짐한 대로 행동하고 있을 것이다.

현재로 되돌아가 아무런 판단도 하지 않고 변명도 하지 않겠다고 다짐하라. 대부분이 그렇겠지만 자칫 옆길로 새면 다시 현재로 되돌아와 다짐하라. 꾸준히 훈련하라. 다짐하고 또 다짐하라. 의도와 목표에는 끊임없는 경계심이 필요하다. 그렇지 않으면 아무것도 이뤄낼 수 없다.

항상 깨어 있겠다고 다짐하라. 그런 다짐을 반복하라. 현재에서 벗어나 머릿속으로라도 여자 친구나 아버지, 혹은 상사의 얼굴이 떠오른다면 곧바로 현재로 되돌아와서 다시 다짐하라.

지금 이 순간에 있겠다고 끊임없이 다짐하라.

의도가 진실하고, 진지하게 훈련한다면 하루의 어느 때라도 현실을 직시하는 훈련을 할 수 있다. 어떤 일을 하면서도 현실을 직시할 수 있다. 내 말을 믿고 직접 해보라. 자동차를 운전하면서 현재에 충실하고 현재에만 몰두하겠다고 결심해 보라. 배우자의 곁에 있을 때 현재에 충실하고 현재에만 몰두하겠다고 결심해 보라. 그리고 유심히 관찰해 보라. 당신이 무엇을 하고, 어떤 일이 실제로 일어나는지 있는 그대로 관찰해 보라.

물론 '직시'하는 훈련을 위해서 하루에 일정한 시간을 할애할 수도 있다. 5분 정도면 충분하다. 이런 훈련을 규칙적으로 반복한다면 우리는 금세 그 요령을 터득할 수 있다. 자전거 타는 법을 배우는 것과 비슷하다. 약간의 연습이 필요하지만 곧 익숙해진다. 그럼 우리 눈앞에서 일어나는 현상을 자연스레 직시할 수 있다.

항상 깨어 있겠다고 다짐하면 정신을 집중하기가 한결 쉽다.
의도가 모든 것이다.

행복은 지금 이 순간이다

정신을 집중해서 몰두할 때 '지금 이 순간이 행복이다'라는 진실도 깨닫게 된다. 하기사 행복이 지금 있지 않으면 어디에 있겠는가?

또한 이 순간의 행복은 우리에게 천부적으로 주어진 특권이다. 이 책에 제시된 여러 훈련법은 이 순간을 직시하고 이 순간에 존재하는 여러 방법일 뿐이다. 내 말대로 해보면 당신은 두 가지 진실을 깨닫게 된다.

하나는 '당신은 지금 이 순간이다' 라는 깨달음이다. 어째서 그럴까? 당연하지 않은가. 지금은 당신의 현재 모습이다. 현재는 당신이 지금 있는 곳이다. 따라서 지금은 당신 자신이고, 당신일 수밖에 없다. 당신이 없다면, 지금 이 순간이 어디에 있을 수 있겠는가? 곰곰이 생각해 보라. 당신이 없다면 지금도 없다! '당신은 지금 이 순간이다!' 이 말을 잠시 동안 당신의 마음에 새겨보라.

다른 하나는 '정신을 집중해서 현재에 충실할 때, 단순하고 더없이 즐거우며 평화롭고 안전한 현재의 순간만이 남는다' 는 깨달음이다. 행복을 이처럼 적절하게 정의할 수 있겠는가.

우리가 지금 어떤 생각을 하더라도 우리는 이미 행복 자체이기 때문에 행복해지기 위해서 어떤 일도 할 수 없다는 뜻으로, 무척 중요한 깨달음이 아닐 수 없다. 행복은 우리에게 천부적으로 주어진 특권이다. 우리가 지금이기 때문이고, 지금은 단순하고 더없이 즐거우며, 평화롭고 안전하기 때문이다.

이렇게 묵상할 때, 나와 지금 이 순간과 행복은 하나라는 결론에 이를 수밖에 없다. 우리가 세상을 어떤 식으로 보더라도 이 셋은 하나이고 똑같이 서로 교체 가능하다. 놀라운 발견이 아닌가! 행복은 우리의 진정한 속성이다. 우리 자체인 행복을 경험할 수 있는 기회는 바로 지금 이 순간이다.

우리가 행복할 수 있는 곳은
바로 지금 이곳뿐이다.

무조건적인 행복

우리는 지금 '진정한 행복', 즉 외적 조건에 전혀 좌우되지 않는 행복에 대해 말하고 있다. 이런 행복은 '무조건적인 행복 (Unconditional Happiness)'이라 할 수 있다. 직업, 은행 계좌에 저축된 돈, 연인, 스승, 성공, 명성 등으로는 얻을 수 없는 행복이다. 외적 조건이나 상황 때문에 행복하다면, 그 행복은 조건적인 행복이다. 달리 말하면, 가치 판단과 믿음에 근거한 행복이다. 조건적인 행복이라고 나쁠 것은 없겠지만, 조건적 행복은 외적 상황에 의존하기 때문에 외적 상황이 달라지면 언제라도 사라질 수 있는 행복이다.

그러나 정신을 집중할 때 현재의 순간에 얻는 행복은 진정한 행복이다. 어떤 것에도 의존하지 않기 때문에 무조건적인 행복이다. 지금의 우리가 바로 무조건적인 행복의 출발점이다.

훈련과 연습

다음과 같은 틱낫한의 시는 지금 이 순간에 완전히 몰입하는 행복을 만끽하는 데 도움을 준다.

나는 이미 도착했다. 나는 집에 왔다
지금 여기에.

틱낫한은 주의가 산만해질 때 현재의 순간으로 돌아오기 위한 호흡법으로 이 첫 구절을 사용할 수 있다고 말했다. 숨을 들이마시면서 "나는 이미 도착했다"고 말하고, 숨을 내쉬면서 "나는 집에 왔다"고 말하기만 하면 된다. 효과가 탁월한 훈련법으로, 금세 평온과 행복이 찾아옴을 느낄 수 있다. 이 호흡법을 할 때마다 긴장이 풀리고 현재의 순간에 몰입하게 된다. 의자에 앉아서, 혹은 산책을 하거

나 줄을 서서 기다릴 때, 설거지를 할 때 하루에도 몇 번씩 수행할
수 있다. 언제 어디서나 이 짤막한 시를 사용해 우리는 금세 마음의
평화를 얻을 수 있다. 그 이유는 간단한다. 우리가 어디에서 무엇을
하든 간에 우리는 이미 진정한 집, 즉 현재의 순간에 도착해 있기 때
문이다.

집에 돌아온 것을 환영하는 바이다!

행복은 우리의 진정한 속성이다.
행복은 바로 우리 자신이다.

9장

현실을 바로 알아라

Are You
Happy Now ?

힘들고 불행한 아홉 번째 이유는
상대적인 경험에서
절대적인 만족을 찾기 때문이다

우리가 거듭해서 곤경에 빠지는 이유는 현실을 바로 알지 못하기 때문이다. 그렇기 때문에 우리는 상대적인 것에서 절대적인 만족을 구하고 원한다. 그러나 그런 바람은 애초부터 불가능한 것이다.

또한 모르기 때문에 우리는 절대적인 것에 상대적인 중요성을 부여한다. 그래서 다시 곤경에 빠진다.

그러나 다행히도 이 모든 것이 우리 머릿속의 생각일 뿐이다. 따라서 우리가 어떤 식으로 생각해도 절대적인 것이 달라지지는 않는다. 이런 메커니즘을 이해하면 우리는 자유를 향한 첫 걸음을 뗀 것이다. 절대적인 자유를 향해서! 절대적 자유, 우리가 원하는 것이 아닌가? 완전한 자유, 절대적인 자유를 지금부터라도 영원히!

절대적인 것을 똑바로 직시해야만 그 절대적인 것을 얻을 수 있다. 미심쩍게 들릴 수 있겠지만 결코 근거 없는 말은 아니다. 오히려 내가 이 책에서 말하는 교훈 중에서 가장 실질적인 교훈일지 모른다. 선뜻 이해가 되지 않겠지만 삶이라는 거친 세상을 살아가는 데 가장 필요한 교훈이다.

객관적으로 이해할 수 없더라도 느낌으로는 알 수 있다.

예컨대 우리는 집에서, 자동차에서, 직장에서, 또 부인에게서 절대적인 만족감을 얻고 싶어 한다. 이런 바람은 승리할 가망이 없는 전쟁이다. 우리가 애착을 갖는 모든 것은 바로 우리 눈앞에서 사라지게 마련이다. 그렇기 때문에 백주대낮에 절망에 사로잡혀 비명을 내지르거나 폭탄이 떨어지는 전쟁이 벌어지는 것이다. 또 우리 주변에 고통으로 신음하는 사람이 넘쳐나는 것이다.

절대적 만족은 오직 한 곳에서만 찾아진다. 오직 한 곳에서만! 그러나 누구도 어디에서 절대적 만족을 찾아야 하는지 우리에게 가르쳐주지 않았다. 따라서 우리는 어떻게 그 만족을 찾아야 하는지도 모른다. 우리는 만족을 갈구하며 울부짖지만 어디에서도 만족을 찾지 못한다.

거울이 없는 땅에서—우화

거울이 없는 땅에서는 누구도 자신의 모습이 어떤지 모른다. 거울이 없는 땅에서는 누구도 자신의 얼굴을 본 적이 없다. 따라서 당신은 자신이 어떻게 생겼는지 모른다. 당신이 누구인지도 모른다.

우리 대부분이 이런 상황에서 살아간다. 우리는 거울이 없는 땅에서 사는 사람처럼 사방을 헤매고 다닌다. 우리가 누구이고, 우리가 어떻게 생겼을까 궁금해한다. 누구도 자신의 얼굴을 본 적이 없기 때문이다.

우리가 누구이고, 우리가 어떻게 생겼을까? 미스터리가 아닐 수 없다. 우리는 우리의 진정한 본성을 알고 싶어 한다.

간혹 누군가 우리를 찾아와 우리가 누구인지 보라며 거울을 비춰준다. 그러나 우리는 자신의 얼굴을 본 적이 없다. 그래서 슬기로운 사람이 우리에게 거울을 비춰주어도 거울에 비친 우리를 알아보지 못한다. 거울 속의 인물이 바로 우리인데도! 바로 눈앞에서 우리 자신의 얼굴을 보고 있어도!

현실, 즉 우리의 진정한 속성도 이와 마찬가지다. 우리는 우리의 진정한 속성이 뭔지 모른다. 따라서 누군가 우리에게 거울을 비춰주어도 우리는 모른다. 우리 자신조차 알아보지 못한다.

따라서 우리는 끊임없이 방황하며 달을 바라보고 울부짖는다.

그러나 거울이 있다. 바로 우리 앞에 거울이 있다. 현실은 지금 이 순간에 존재한다. 현실이 지금 여기에 있다. 현실은 지금 이 순간이고, 바로 우리 자신이다. 거울이 지금 여기에 있다. 설령 우리가 무엇을 보는지 이해하지 못하더라도 현실을 직시하려 애써야 한다.

우리는 현실을 정확히 이해할 수 없다. 현실은 언어의 세계를 초월한다. 언어는 현실을 이해할 수 없게 만들 뿐이다. 그러나 현실은 분명히 지금 이 순간에 존재한다.

말과 언어는 개념을 만드는 기본 단위이고, 개념은 우리를 옭아매는 정신의 감옥이다. 우리가 스스로 만든 정신의 감옥 때문에 우리는 현실을 직시하지 못한다. 그 감옥 밖에 삶이 있다. 자유로운 삶이 있고, 사랑이 있다. 상상을 초월하는 드넓은 세계가 있다.

그러나 우리는 순진하게도 우리가 만든 말과 생각과 관념을 곧이곧대로 믿는다. 말과 생각과 관념이 결코 진실과 일치하지 않더라도 진실이라 믿는다. 말은 말이고, 생각은 생각이며, 관념은 관념일 뿐이다. 그 이상도 이하도 아니다. 그 자체로는 생명이나 실체를 갖지 않는다. 그러나 우리는 그것들을 진실이라 믿으며 생명까지 부여한다. 심지어 그것들과 우리를 동일시하면서 생명까지 부여한다. 그러나 말과 생각과 관념은 아무것도 아니다.

그 밖의 다른 것은 고려할 여지도 없다.

생각과 관념을 머릿속에서 지워버릴 때, 과거의 세계가 허물어지고 믿기지 않는 새로운 세계가 펼쳐진다. 머릿속을 하얗게 지워보라. 기존의 관념을 버리고 아무런 생각도 하지 않는다면 우주의 틈새로 떨어지는 기분이 밀려올 것이다. 하지만 자유로운 추락이고 절대적으로 안전한 추락이다. 따라서 두려워할 필요가 없다.

그 순간, 우리는 다른 뭔가를 깨닫는다. 우리가 아직 살아서 숨 쉬고, 우리를 옥죄는 단어와 생각과 관념은 우리 의식세계에서 아주 작은 공간을 차지할 뿐이란 사실을 깨닫는다. 아주 작은 공간일 뿐이지만 막강한 힘이 있다. 그 작은 공간에서도 단어와 생각과 관념은 활발한 자생 능력을 갖기 때문이다.

그 공간을 벗어난 세계가 현실세계다. 단어의 구속을 받지 않는 현실세계다.

그 현실세계, 즉 지금이 절대적인 것의 얼굴이다. 현실세계는 언제나 지금 이 순간에 존재한다. 현실세계가 우리를 지켜보고, 우리도 현실세계를 바라본다. 우리가 현실세계이고, 현실세계가 우리다. 언어를 넘어서면 모든 것이 하나이고 똑같다. 현실은 우리와 관련된 모든 것과 동시에 존재한다. 현실은 우리 집과 자동차, 텔레비전과 여자 친구와 동시에 존재한다. 절대적인 것은 우리 얼굴에서 잠시도 눈을 떼지 않는다. 그러나 우리는 얼마나 자주 현실을 있는 그대로 직시하는가? 아니, 현실을 직시하기는 하나? 또 얼마나 자주 여자 친구와 텔레비전 너머의 세계를 꿰뚫어보는가? 우리 얼굴을 똑바로 쳐다보는 절대적인 것의 눈빛을 우리는 얼마나 자주 알아보는가?

엄격히 말하면 우리 모두가 언제나 이런 상황에서 살아간다. 적어도 우리가 생각하는 것보다는 훨씬 자주 이런 상황에 직면한다. 하지만 우리는 그런 상황을 제대로 인식하지 못한다. 언어를 넘어서고, 우리 생각의 한계를 넘어서는 세계의 여백과 환희를 인식하지 못한다. 따라서 우리는 진정한 현실을 보지 못한다.

우리는 거울이 없는 땅에서 사는 사람과 같은 셈이다. 거울이 없는 까닭에 우리는 우리가 사는 땅에서 현실을 보면서도 현실을 올바로 알아보지 못한다.

우리는 현실이 무엇인지 모른다.
따라서 현실을 두 눈으로 보면서도
현실을 올바로 알아보지 못한다.

우리가 분명히 알아야 할 것이 있다. 상대적인 것에서 절대적인 만족을 구할 때, 말과 생각과 개념에서 절대적인 만족을 구할 때, 구체적으로 말하면 직장과 집과 인간관계, 과거와 미래 등에서 절대적 만족을 구할 때 우리는 실패할 수밖에 없다. 상대적인 기쁨은 상대적인 만족을 줄 뿐이다. 편한 마음으로 지금 이 순간을 즐겨라. 상대적인 분란도 상대적인 불편을 줄 뿐이다. 마음을 편하게 갖고, 어떤 분란도 곧 사라지게 마련이라는 확신을 가져라. 모든 것이 언젠가는 사라지게 마련이다. 상대적인 세계에서는 모든 것이 변한다. 다른 것으로 변하게 마련이다. 세상의 이치가 그렇다. 모든 것이 변한다. 절대적인 것만이 언제까지나 절대적인 것으로 남아, 우리에게 절대적인 만족을 안겨줄 수 있다.

절대적인 것만이 우리에게 절대적인 만족을 안겨줄 수 있다.

이 장에서 우리는 절대적인 것이 뭔지 살펴보았다. 다시 상대적인 세계로 돌아가 그 세계를 좀더 자세히 살펴보기로 하자.

10장

멀리까지
내다보는 법을 배워라

Are You
Happy Now?

힘들고 불행한 열 번째 이유는
우리가 하찮은 존재가 될지도 모른다고
생각하기 때문이다

　죽음은 생각하기도 끔찍한 것이다. 그러나 죽음도 어차피 삶의 한 부분이기 때문에 행복한 삶을 살려면 죽음에 현명하게 대처하는 법을 배워야 마땅하다.

　이 책은 상대적인 것과 절대적인 것을 번갈아가면서 집중적으로 다룬다. 물론 상대적 세계에서 부딪치는 문제를 해결하는 법을 탐구하는 데 책의 대부분이 할애되긴 했지만, 절대적 관점에서 상대적 세계에 접근하는 새로운 관점을 모색하고 있다. 모든 것이 언제나 다른 관점에서도 해석될 수 있다. 따라서 절대적 관점은 사물을 완전히 다른 시각에서 보게 해준다. 죽음이라고 다를 게 없다. 내 경험에 따르면, 죽음도 절대적 관점에서 얼마든지 접근할 수 있다. 죽음을 절대적 관점에서 접근하면 위안을 얻지만, 상대적 관점에서 생각하면 낙담과 두려움을 안겨주기 십상이다.

죽음을 상대적 관점에서 접근하면, 우리 모두가 죽어가는 존재이며, 죽음은 우리가 사랑하고 소중하게 생각하는 모든 것을 빼앗아간다는 말할 수밖에 없다. 이보다 두렵고 실망스런 일이 어디 있겠는가? 따라서 우리는 절대적 관점에서 진정한 위안을 구해야 한다. 영성을 다루는 모든 종교도 기본적으로는 똑같다. 죽음 앞에서도 행복한 삶을 꾸려갈 수 있는 관점을 몸에 익히도록 노력해야 한다. 우리 모두가 언젠가는 죽음이라는 문제와 마주치게 되기 때문이다.

죽음이 임박했을 때 그 상황에서도 위안을 얻을 수 있는 몇 가지 방법을 소개해 보자.

죽음은 위험한 것인가?

우리 대부분은 '죽음은 위험하다'는 생각에 사로잡혀 있다. 이런 생각 때문에 우리는 죽음을 두려워한다.

정말로 죽음이 위험한 것일까?

그렇다고 생각하는 사람에게 묻고 싶다. 그 증거가 어디에 있느냐고. 인간은 죽고, 모든 생명체는 죽는다는 사실이 '죽음은 위험하다'는 증거라고 할 수 있나? 그것은 다만 죽음이라는 현상이 있다는 증거일 뿐이다. 죽음이 위험한 것이라고 확실하게 아는 사람은 없다. 지금까지 죽음에서 되돌아와서 우리에게 죽음이 어떠하다고 말해 준 사람이 없기 때문이다. 도대체 죽음이 위험하다는 증거가 있을까?

죽음이 위험하다고 입증할 만한 증거는 없다. 우리가 확실하게 말할 수 있는 것은 죽음이라는 현상이 있다는 것이고, 그 밖의 것에 대해서는 아무도 모른다. 이는 누구도 부인할 수 없는 현실이다.

그럼 우리가 두려워하는 것은 무엇일까?

우리는 '죽음은 위험한 것' 이라는 생각을 두려워한다. 우리가 죽음 자체에 대해 아는 것이 없기 때문에 그렇게 두려워하는 것이다.

그럼, 죽음은 위험한 것이라는 생각이 없다면 우리는 어떻게 될까? 죽음은 위험한 것이라는 생각 자체를 하지 못한다면 어떤 기분일까?

내면에서 이런 질문을 스스로에게 던지고 정직하게 대답해 보자. 당신 자신을 위해서도 필요한 질문이다. 편안하게 대답해 보자. 머릿속에 떠오른 대답을 그대로 받아들이고 마음으로 느껴보자.

'죽음은 위험한 것' 이라는 생각을 믿지 않는다면 우리 삶이 어떻게 변할까 스스로에게 물어보자.

이 질문의 답을 구하려 할 때마다 나는 내면에서 급격한 변화가 일어나는 느낌을 받는다. 무엇보다 내 안의 모든 것이 편안해진다.

그 후에는 깊은 평온감이 온몸으로 느껴진다. 이런 느낌을 얼마 동안 고스란히 받아들이는 것만으로 마음의 위안을 얻는다.

삶이 정말로 위험할까?

생각에서 비롯되는 문제를 해결하는 것이 자유로운 삶을 살 수 있는 지름길이라면, 우리가 화급히 해결해야 할 또 하나의 생각이 있다. '죽음이 위험하지 않다면 삶이 어떻게 위험할 수 있을까?'라는 의문이다. 죽음과 삶은 떼려야 뗄 수 없는 관계에 있기 때문에 이런 의문은 자연스레 제기된다. 따라서 죽음을 두려워하는 사람은 삶도 두려워하게 마련이다.

이런 관계는 자명하다. 가령 어떤 일이 우리에게 닥칠 수 있고, 그 일이 죽음일 수 있지 않은가! 따라서 죽음을 두려워하는 사람은 사는 일도 두려워한다. 그러나 죽음이 위험하지 않다고 받아들이면 어떻게 될까? 어떤 변화가 일어날까? 죽음이 두렵지 않은데 어떻게 삶이 두려울 수 있을까? 우리에게 어떤 일이 닥치겠는가? 우리가 어디로 가고, 어디로 떨어지겠는가? 죽을 수도 있다. 그래서 어쨌다는 말인가? 죽음이 위험하지 않다면 무엇이 문제라는 말인가?

생각이 이런 단계까지 이르면, 한 단계 더 도약해서 '삶 자체가

위험하지 않다면 살아가는 과정에서 무엇이 위험할 수 있겠는가?'
라는 생각에 이르게 된다.

우리에게 해방감과 짜릿한 흥분을 안겨주는 질문이 아닐 수 없다.
이런 의문을 품는 것만으로도 우리를 옭아매는 두려움의 사슬에서
벗어나는 데 도움이 되기 때문이다. 내 경험에 따르면, 조용히 앉아
이런 의문을 품고 내면에서 대답을 구해 보는 방법보다 두려움에서
효과적으로 해방되는 방법은 없다. 나는 이런 훈련을 할 때마다 내
안에서 기적 같은 변화가 일어나는 기분에 빠져든다. 적어도 나에게
는 이때보다 편안한 때가 없기 때문이다. 또렷한 의식을 갖고 현실
을 직시하는 것보다 우리에게 위안을 주는 것이 없기는 하다.

이와 같은 의문의 제기는 우리 자신을 위한 행위이기도 하다. 요
컨대 우리가 확실히 아는 것이 무엇이냐는 의문을 가질 때 우리는
현실을 직시할 수 있는 상태에 이를 수 있다. 현실을 직시하면 누구
나 나와 똑같은 결론, 즉 우리가 확실히 아는 것은 많지 않다는 결론
에 이르게 된다. 죽음이 위험한 것일까? 누구도 확실하게 대답할 수
없다. 죽음은 그저 은총의 눈송이처럼 우리에게 조용히 찾아올 뿐이
다. 그렇게 생각할 때 우리는 한층 자유롭고 분별력 있게, 또 행복하
고 남부끄럽지 않게 살아갈 수 있을 것이다.

우리를 두려움에 옭아매는 낡은 생각을 떨쳐내고
깨어 있는 내면의 목소리를 경청하라.
그리고 어떤 변화가 일어나는지 지켜보라!

커다란 위안

죽음의 두려움을 이겨내고, 죽음을 맞아서도 우리에게 커다란 위안을 주는 또 다른 방법이 있다. '세상에 하찮은 것은 아무것도 없다(Nothing)!'라는 말을 묵상하며, 그 말에 담긴 진실을 이해하려고 노력해 보자.

이 말이 어떻게 우리에게 큰 위안을 준다는 것일까? 이 질문에 대답하려면 그 말에 담긴 의미부터 먼저 살펴봐야 한다. 문자 그대로 해석하면, 어떤 것도 '존재하지 않는 것(No-thing)'일 수 없다는 뜻이다. 존재하지 않는 것은 실체를 갖지 않는다. 존재하지 않는 것은 어디에도 없는 것이다. 따라서 구체적 실체를 갖는 '어떤 것'은 존재하지 않을 수 없다. 어째서 그럴까? 이는 현대 과학에서도 입증된 사실이다. 현대 과학에 따르면, 물질은 소멸될 수 없다. 물질은 시시각각 형태가 변화한다. 물론 물질이 에너지로 변할 수도 있지만 그렇다고 물질 자체가 사라진 것은 아니다. 달리 말하면, 물질은 소멸될 수 없다. 물질과 에너지는 서로 교체 가능하지만 사라지지는 않는다. 물질은 존재하지 않는 것으로 변할 수 없다. 실체를 가진 물질이 어떻게 사라질 수 있겠는가? 가더라도 어디로 가겠는가? 물질과 에너지는 '존재하지 않는 곳'으로 갈 수 없다. '존재하지 않는 곳'은 애초부터 존재하지 않기 때문이다.

따라서 어떤 것이 사라져서 존재하지 않는 것이 된다는 것은 불가능하다. 비교해서 말하면, 삶과 삶에서 겪는 일은 폐쇄회로다. 어떤 것이 존재하면, 그것은 어떤 형태로든 계속해서 존재한다. 구체적 형태를 갖지 않는 에너지로도 존재한다. 그런 이유까지야 설명할 수 없지만, 현실을 냉정하게 관찰하면 이런 현상이 우리 주변에서 실제로 일어나는 진실이라는 것을 누구도 부인할 수 없을 것이다. 거듭 말하지만, 현실을 '직시(直視)'한다는 것은 세상을 있는 그대로 관찰한다는 뜻이다. 우리 눈앞에 닥친 상황을 이해하지 못하고, 그런 상황이 닥친 이유를 설명하지 못하더라도 현실을 직시하는 것이 중요하다.

현실을 직시할 때, 우리는 어떤 것이 존재한다는 걸 깨닫고 그것을 몸으로 경험한다. 그 어떤 것은 구체적으로 존재하고, 결코 사라질 수 없는 것이라는 사실을 우리가 알기 때문이다. 실체를 갖는 것은 형태를 바꿀 수는 있겠지만, 언제나 어떤 것으로 존재한다.

우리도 '어떤 것'이다. 따라서 위의 관계는 우리에게도 그대로 적용된다. 또 우리도 '어떤 것'이기 때문에 존재하지 않는 것, 즉 하찮은 것이 될 수 없다.

이런 생각만으로도 큰 위안이 되지 않는가!

어떤 것도 하찮은 것일 수 없다.

이 관계에는 또 하나의 비밀이 감춰져 있다. 어떤 것도 존재하지 않는 것이 될 수 없다면, 존재하지 않는 것은 어떤 것이 될 수 없다! 논리적으로 생각하면 그렇다. 이유까지 설명할 수는 없기 때문에 약간 혼란스럽게 여겨질 수는 있다. 그러나 우리가 삶이라 일컫는 것의 현실이 그렇다는 것은 누구도 부인할 수 없다. 삶은 '어떤 것'이기 때문에 존재하지 않는 것, 즉 하찮은 것일 수 없다.

우리는 어디로 가는가?

이런 생각을 해보는 것도 행복한 삶을 사는 데 큰 도움이 된다. 우리가 누구인지 곰곰이 따져볼 때, 우리는 실제로 존재하기 때문에 나름대로 의미를 갖는 '어떤 것'이라는 결론에 이르기 마련이다. 우리가 실체를 가진 존재라는 것은 현실인 동시에, 우리가 경험적으로 아는 사실이기도 하다. 우리는 우리가 존재한다는 것을 경험적으로 안다. 우리는 실체로 존재하기 때문에 '어떤 것'이고, 우리는 어떤 것이기 때문에 존재하지 않는 하찮은 것이 될 수 없다. 이런 관계가 이해되든 않든 간에 엄연한 사실이라는 것은 우리 삶에서, 또 과학을 통해서도 이미 입증됐다.

우리는 존재하는 어떤 것이기 때문에 존재하지 않는 무가치한 것이 될 수 없다. 그럼, 우리는 죽어서 어디로 갈까?

우리는 '죽음'을 '무(無)'와 동일시하는 경향이 있기 때문에 앞의 관계를 깊이 생각해 볼 때 큰 위안을 얻는다. 우리는 죽음을 완전한 소멸, 즉 아무것도 없는 블랙홀로 떨어지는 것이라고 생각한다. 그러나 앞의 관계에 비춰보면, 이런 등식이 정말로 맞는 것일까 하는 의문을 갖게 된다. 우리는 죽으면 어디로 갈까? 완전히 사라지는 것일까? 그래서 존재하지 않는 것이 될까? 그렇지 않다! 우리는 존재하지 않는 것이 될 수 없다. 그런 관계는 처음부터 불가능하기 때문이다.

물론 우리가 몸이라는 형태로 존재하지 않는다는 것은 자명하다.

우리 몸이 이 땅에 왔다가 가는 것은 우리 눈으로도 확인되는 사실이다. 그런데 우리가 더 이상 몸으로 존재하지 않을 때, 우리는 어디로 가는 걸까? 우리 삶에 어떤 일이 일어나면 우리 몸이 더 이상 형태를 갖지 않는 것일까? 이런 의문에 내가 정확히 대답할 수는 없지만, 위의 관계에서 미루어 짐작해 보면 우리는 어떤 형태로든, 예컨대 에너지라는 형태로 계속 존재한다고 말할 수 있다. 어떤 것도 소멸될 수 없고 존재하지 않는 것으로 변할 수 없기 때문에, 형태를 바꿔 다른 어떤 것으로 다시 존재하기 때문에, 이런 추론이 틀린 것은 아니다. 이런 관계를 생각할 때마다 나는 커다란 위안을 얻는다.

우리는 어디에서 시작됐을까?

우리는 죽어서 어디로 갈까? 이런 의문을 거꾸로 생각하면, '우리는 어디에서 시작됐을까?'라는 의문이 생긴다. 우리가 태어난 날부터 존재하기 시작했다고 대답한다면, 다시 생각해 봐야 한다. 정말로 우리는 태어난 날부터 시작됐을까? 그날 우리는 존재하지 않는 것에서 불쑥 나타난 것일까? 그렇지는 않다. 우리가 이 땅에 태어나기 전에도 우리는 어머니 뱃속에서 살고 있었다. 따라서 엄격하게 말하면, 우리는 태어난 날에 시작된 것이 아니다. 그럼 우리가 어머니 뱃속에서 보낸 9개월 전에는 어디에 있었을까? 어머니의 난자와 아버지의 정자 안에 있었고, 그 정자와 난자가 어머니의 뱃속에서 하나로 결합되어 자랐다. 그 전, 즉 어머니의 난자와 아버지의 정자가 결합되기 전, 또 어머니와 아버지가 태어나기 전에는 어디에 있었을까? 두 분의 부모, 또 부모의 부모, 요컨대 두 분이 태어나기 전에 이 땅에서 살았던 사람들 안에 있지 않았을까? 우리의 DNA가 그런 사실을 증명해 준다.

그러나 우리는 그 이상의 존재다. 자세히 분석해 보면, 우리는 어머니가 우리를 임신한 기간에 매일 섭취한 음식이기도 하다. 그 음식이 매일 우리로 변하면서, 우리를 9개월 후에 태어날 아기로 성장시키기 때문이다. 또한 이 관계를 확대하면, 어머니가 섭취한 음식은 우리가 되기도 하지만 그 음식의 음식이 되기도 한다. 또 그 음식은 햇살과 빗물과 비옥한 흙이 만들어낸다. 그러나 엄격하게 말해 햇살과 빗물과 흙도 아니다. 그럼 우리는 대체 어디에서 시작된 것일까? 우리의 기원은 어디였을까?

앞으로 우리는 무엇이 될까?

'우리가 어디에서 시작됐을까?'라는 의문을 가질 수 있듯이, 우리가 지금의 몸으로 존재하지 않게 될 때 우리는 무엇이 될까라는 의문도 가질 수 있다. 우리는 죽은 후에 어디로 가는 것일까? 좋은 흙이 될까, 나무들 사이를 스치는 바람이 될까, 꽃이나 풀이 될까, 하늘에 떠 있는 구름이 될까, 아니면 바닷물의 일부가 될까? 고손자의 미소에 머물 수는 없을까? 잠시 이런 의문을 생각해 보자. 우리는 죽은 후에 어디로 가고, 무엇이 될까? 우리가 어디에서 시작됐는지도 모르는데, 미래에 어디로 가는지 어떻게 알 수 있겠는가? 이런 의문을 갖는 자체가 적절하지 않은 듯하다. 시작과 끝은 현실과 아무런 관계가 없다. 현실세계에서 우리는 시작을 알지 못할뿐더러 끝도 알지 못하고, 시작과 끝을 상상할 수도 없기 때문이다. 오히려 우리가 과거 언젠가 시작되었으니 언젠가는 끝나지 않겠느냐는 의문을 갖는 편이 더 현실적이다.

❧

우리는 과거에 있었던 모든 것의 결실이기 때문에,
우리는 과거에 있었던 모든 것의 집합체다.

결론은?

결론은 이 책을 시작했던 지점으로 되돌아가 마무리된다. 달리 말하면, 우리 경험은 결국 우리 머릿속의 생각이기 때문에, 모든 고통은 정신적인 것이라는 기본 전제로 되돌아간다.

따라서, 우리는 정신으로 되돌아가 정신의 속성이 무엇인지 알아야 한다. 결국에는 정신의 속성이 행복한 삶을 좌우하는 열쇠이기 때문이다.

모든 고통이 정신에서 비롯된다면, 우리 정신을 면밀히 관찰해서 우리 정신이 어떻게 작동하는지 알아낼 때 우리가 어떻게 고통을 자초하는지 깨닫게 된다.

정신이란 무엇일까?

정신이란 무엇일까? 이런 의문에 정직하게 대답해 보면, 정신은 신비롭고도 신비로운 것이라는 결론에 도달한다. 정신이 무엇일까? 정신은 대체 어디에 있는 것일까? 정신을 어떻게 정의할 수 있을까? 정신은 바람과도 같은 것이다. 정신이 무엇인지 아는 사람이 있을까? 정신이 뭐라고 누가 우리에게 말해 줄 수 있을까?

당신은 당신의 정신을 본 적이 있나? 정말로 본 적이 있다면, 정신을 정확히 보려고 할 때 어떤 일이 일어났는가? 정신을 관찰하면서 정신을 붙잡을 수도 있는가?

지금까지 많은 사람이 이런 의문을 가졌다. 또 많은 사람이 자신의 정신을 정확히 관찰하려 애쓰고, 그 답을 찾아내려 노력해 왔다. 따라서 이 문제와 관련해서는 많은 대답과 추측이 제시됐다. 하지만 우리가 누구를 믿고, 설령 믿더라도 그 증거를 어디에서 구할 수 있겠는가? 정신의 속성을 이해하는 데 우리 자신의 경험보다 더 신뢰할 만한 사람이나 주장이 있을 수 있을까?

정신이 무엇인지 이런 식으로 생각해 보자. 우리 모두가 정신을 가졌고 모든 것이 정신이기 때문에, 누구나 정신이라는 신비하고 불가사의한 힘을 타고나는 것이다. 누구에게나 정신이 있다. 누구나 정신이라는 현상을 탐구할 능력을 갖고 있다. 정신이라는 게임에서는 누가 낫고, 누가 못하다는 차별이 없다. 우리 모두가 똑같다. 부자나 가난뱅이, 청년이나 노인, 사회적 신분의 고하를 막론하고 우리 모두가 정신이라는 신비하고 불가사의한 힘을 타고난다. 이런 점에서 모두가 평등하고 자유롭다. 절대적으로 자유롭다.

정신.

대체 정신이라는 것이 무엇일까?

또 정신을 집중한다는 것은 무슨 뜻일까?

정신을 집중한다.

정신을 주의 깊게 살펴보자.

정신을 관찰한다.

정신에 유념한다.

이런 말들은 무슨 뜻일까? 정신은 대체 무엇일까? 또 정신과 의식은 어떻게 다른 것일까?

많은 정의가 있다. 학파에 따라서, 또 선생에 따라서 정신과 의식을 다른 뜻으로 사용한다. 나는 이 둘을 이런 식으로 정의해 보려 한다.

의식(Consciousness)은 벌거벗은 자각이다. 달리 말하면, 모든 것을 존재하게 해주는 근거다. 의식은 뭔가를 깨닫고 자각하는 능력, 또한 뭔가를 관찰하고 입증하는 능력이다. 또한 의식은 생각의 이전과 이후 및 주변에 존재하는 상태를 뜻한다. 따라서 정신을 의식에서 비롯되는 생각의 현상이라 정의한다면, 정신은 의식의 한 부분이다. 결론적으로, 의식은 생각에 구애받지 않는 벌거벗은 자각이다.

정신은 바람과 같은 것

정신이 의식에서 비롯되는 생각의 현상이라면, 누구도 정신을 붙잡을 수 없기 때문에 정신은 바람과 같다고 말할 수 있다. 정신은 붙잡을 수도 없고 구속할 수도 없다. 길들일 수도 없다. 따라서 정신을 지배하기란 무척 어렵다. 정신, 즉 샘솟는 생각은 자기가 원할 때 왔다가 사라질 뿐이다.

이런 현상이 무엇일까?

지금까지 누구도 이런 현상이 무엇인지 우리에게 정확히 말해 줄 수 없었다. 지금까지 누구도 이런 현상을 병에 담아 우리 앞에 보여 주며, "봐라, 이게 바로 정신이란 거다!"라고 말해 주지 못했다.

따라서 우리는 정신을 관찰하는 수밖에 다른 방법이 없다.

관찰은 누구나 할 수 있는 것이다. 요컨대 우리는 우리 정신을 관찰할 수 있다.

조용히 앉아서 우리 정신을 관찰할 수 있다.

때로는 가볍게 뛰면서도 우리 정신을 관찰할 수 있다.

때로는 분주하게 일하면서도 우리 정신을 관찰할 수 있다.

그러나 우리는 언제라도 우리 정신을 관찰해서, 정신이 어떻게 작동하는지 지켜볼 수 있는 능력이 있다. 우리가 원하면 언제라도 그렇게 해낼 수 있다. 정신을 한층 효과적으로 관찰할 수도 있는데, 여기에는 훈련과 연습이 필요하다.

우리는 기본적으로 두 가지 유형의 인식 능력을 갖고 있다. 하나는 기계적인 자각이다. 달리 말하면, 우리는 의식을 가진 동물이기 때문에 세상을 살아가면서 거의 기계적으로 생각하고 행동한다. 반면에 우리에게는 우리가 의식한다는 것을 의식하는 능력도 있다. 달리 말하면, 우리가 뭔가를 의식한다는 것을 의식하는 능력이다. 따라서 우리는 정신을 관찰할 때 우리가 의식하는 것까지 관찰할 수 있다. 우리 정신을 관찰할 때 의식까지 관찰해서 돌이켜볼 수 있다. 그러나 이런 수준에 이르려면 훈련과 연습이 필요하다.

정신을 관찰하기

가만히 앉아서 호흡을 조절하며 자신에게 집중하면, 정신을 관찰할 수 있다. 달리 말하면, 주의력을 외부에서 내면으로 돌려야 한다는 뜻이다. 한동안 이렇게 하면, 우리는 정신의 본질과 맞닥뜨리게 된다. 그러나 아무런 생각을 하지 않으면서 앉아 있기란 거의 불가능하다. 생각이 머릿속에 떠오르는 것을 우리 힘으로는 막을 수 없기 때문이다.

정신의 본질에 관련해서 우리가 알아야 할 첫 교훈이 '생각은 떠오른다'는 것이다. 생각은 그냥 떠오른다. 우리 힘으로는 생각이 떠오르는 것을 막을 수 없다. 이런 현상을 유심히 관찰할 때, 우리는 그 과정과 절대적으로 아무런 관계가 없다는 사실을 깨닫게 된다.

생각은 그냥 떠오를 뿐이다.

생각의 탄생

이제 우리 삶의 과정에서 가장 중요한 부분을 다루어야 할 차례가 되었다. 생각이 시작될 때 우리 세계도 시작되기 때문이다.

구체적으로 설명해 보자. 아침에 잠에서 깨었을 때 머릿속이 텅 빈 듯한 기분에 사로잡혀본 적이 있는가? 누구나 그런 경험이 없지 않을 것이다. 이런 현상은 우리 모두가 때때로 경험하는 현상이다. 잠에서 깼을 때, 잠에서 깬 것은 확실히 알겠지만 아무런 생각이 없을 때가 있다. 그야말로 머릿속이 텅 빈 듯한 기분이다. 우리가 누구고, 어디에 있는지조차 기억하지 못할 때도 있다. 그러나 곧 정신이 되돌아온다. 온갖 생각이 머릿속에 밀려들면서 우리 세계가 모습을 드러낸다. 옆에 누워 있는 사람의 배우자이고, 곧 일을 하러 출근해야 할 사람이다. 이런저런 생각과 더불어, 우리 세계가 다시 모습을 드러낸다.

우리 삶이 그렇다.

삶 전체, 우리가 삶에서 경험하는 일 모두가 그런 식이다. 생각이 시작될 때 우리 세계도 시작되는 현상이 너무나 순식간에 일어나기 때문에, 우리는 그 관계를 제대로 인식하지 못한다. 그러나 생각과 세계가 동시에 나타나는 현상은 매 순간 벌어진다. 생각이 있기 전에는 세계도 없었다. 차분하게 앉아서 충분한 시간을 두고 자신을 면밀하게 관찰하면 이런 관계, 즉 생각이 시작될 때 세계도 시작된다는 관계가 진실이라는 걸 직접 확인할 수 있다. 그러나 내 말을 무조건 믿지 말고 직접 확인해 보기 바란다.

생각이 시작되는 순간 세계도 시작됨을 깨달을 때, 어떤 생각이 떠오르기 전에 어떤 것이 있었는지도 순간적이나마 볼 수 있다. 차분히 앉아서 내면을 주의 깊게 관찰하면 된다. 어떤 생각이 떠오르기 전에 무엇이 있었다는 것일까? 당신의 내면에서 그 순간, 그 장소, 그 공간을 찾아낼 수 있나? 말로 표현할 수 없는 순간이고 공간이다.

그럼 어떤 생각이 떠오른 후에, 달리 말해서 다음 생각이 떠오르기 직전에도 뭔가가 있을까? 그 순간, 그 장소, 그 공간을 찾아낼 수 있나? 조용히 앉아 내면을 관찰하면서 주의 깊게 관찰해 보라. 내면을 들여다보라. 거기에 뭔가가 있다. 보이는가? 어떤 생각이 떠오르기 전에 존재하는 것이 보이는가? 어떤 생각이 떠오른 후에 존재하는 것도 보이는가? 그것이 무엇처럼 보일까? 어떻게 느껴질까? 대단한 것처럼 보이고, 특별하게 느껴질까? 당신은 개인적으로 어떤 것을 보았고 어떤 느낌을 받았는가?

이런 것이 명상이다. 혼자 조용히 앉아서 자신과 대화하면서 내면을 주의 깊게 관찰하는 것이 명상이다. 아무것도 하지 말고, 아무것도 원하지 마라. 그저 보기만 하라. 간섭하거나 판단하지 말고 보기만 하라. 생각이 없다면 당신은 누구겠는가? 명상을 통해서 생각이 없는 순간, 생각이 없는 장소를 경험할 수 있는가? 생각이 없다면 당신의 삶이 어떻게 되겠는가? 당신 안에서 수많은 별과 세계와 이야기를 만들어내는 연못처럼 끊임없이 샘솟는 생각이 없다면, 길들여지지 않은 야생마처럼 펄떡이는 정신이 없다면 당신은 어떤 사람이겠는가?

일시적인 것의 그 너머

끝없이 샘솟는 생각들의 전후를 순간적이나마 보았는가? 머릿속에 떠오르는 생각은 우리가 삶에서 겪은 경험이다. 따라서 생각 자체는 영구적이지 않기 때문에 우리 삶의 경험도 영구적일 수 없다. 대단한 발견이 아닌가! 누구나 차분히 앉아 명상하면 직접 확인하고 깨달을 수 있는 교훈이다. 세상 이치이기도 하다. 생각이 시작될 때 우리 삶도 시작된다. 이 둘은 늘 붙어 다닌다. 따라서 이 둘은 하나라고도 말할 수 있다. 생각은 바람처럼 덧없고 일시적인 것이기 때문에 우리 삶도 마찬가지다. 생각과 삶은 둘이면서 하나가 되어, 바람처럼 덧없이 왔다가 멀어진다.

그러나 생각의 전후, 혹은 생각의 과정을 얼핏이라도 보았는가? 생각과 생각 사이의 빈틈을 인지해 본 적이 있는가? 생각의 한계를 넘어설 때, 우리는 강력한 오르가슴을 느낄 때처럼 머릿속이 하얗게 변하고 온몸이 붕 뜬 듯한 느낌에 젖는다. 그런 순간을 맛본 적이 있는가?

그 순간에 우리는 아무런 생각이 없지만 그래도 존재한다.

머릿속이 텅 비어도 우리는 여전히 그 자리에 존재한다.

생각은 없어도 뭔가는 존재한다. 말로는 표현할 수 없는 어떤 것이다. 다시 말하지만, 언어는 생각을 표현하는 수단일 뿐이고, 생각은 생각의 한계를 벗어난 것을 표현하지 못한다. 생각과 언어로는 일시적인 것의 전과 후, 요컨대 일시적인 것을 넘어서는 것까지 표현할 수 없다.

이쯤에서, 위대한 스승들이 우리에게 줄곧 말해 왔던 가르침이 다시 생각난다. 우리가 현실이라 착각하는 까닭에 우리에게 수많은 고통과 기쁨을 안겨주는 일시적이고 덧없는 것들 뒤에는, 마법적이고 신비한 뭔가가 감춰져 있다. 생각과 언어의 한계를 넘어서는 것이므로, 생각이 거기까지 미칠 수 없어 언어로는 표현할 수 없는 것이다. 생각을 현실이라 착각해서 현실을 제대로 보지 못하기 때문에 일시적인 것 너머의 존재를 똑바로 직시하지 못하는 것이다.

생각은 생각일 뿐이다. 생각은 그럴듯한 거품을 현란하게 내뿜으며 우리를 유혹하는 연못일 뿐이다.

현실세계는 그런 연못 너머에 있다. 현실세계는 어떤 말로도 표현할 수 없는 것이다. 따라서 우리는 혼자의 힘으로 누구에게도 의지하지 않고 그곳을 찾아가야 한다. 말이 우리를 그곳에 데려다 줄 수는 없다. 말은 그곳 근처까지만 갈 수 있도록 도움을 줄 뿐이다. 나머지는 우리 몫이다. 우리는 발로 직접 강기슭까지 찾아가 모든 것을 직접 체험해 봐야 한다.

행복한 삶을 살고 싶은가? 그렇다면 저 너머에 뭐가 있는지 직접 확인해 보라. 그 방법을 직접 시험해 보고, 혼자 힘으로 찾아보라. 내 마지막 조언이다. 행복한 삶을 살고 싶다면 이보다 더 중요한 것은 없다!

삶의 기쁨

우리 자신이 이른바 정신이라는 신비하고 불가사의한 힘과 절대적으로는 아무런 관계도 없다는 사실을 깨닫고 그에 따른 충격에서 벗어나면, 그런 현실을 인정하고 사랑하는 수밖에 다른 도리가 있겠는가? 무릎을 꿇고 앉아, 매 순간 우리에게 놀라움과 기쁨을 안겨주는 경이로운 현실을 찬양하는 수밖에 다른 도리가 있겠는가? 그 순간에 따라 고통받고 즐거워하며 웃는 수밖에 달리 어떤 식으로 반응할 수 있겠는가? 모든 고통과 모든 즐거움을 넘어서면 무엇이 남겠는가? 우리는 어떤 사람이 될까? 머릿속에 떠오르는 생각을 초월하면 우리는 어떤 사람이 될까? 말로는 표현할 수 없는 영역에는 무엇이 있겠는가? 관념의 한계를 넘어서면 무엇이 있겠는가? 시간과 공간 너머에는 무엇이 있겠는가? 누가 무엇이 어디에 있는가? 그래도 우리는 여전히 이 순간에 존재한다. 과거에 우리라고 생각하던 존재는 아닐 것이다. 말로는 표현하기 힘든 존재로서 존재할 것이다. 이해의 한계를 넘어서는 평화로움이 있을 것이고, 상상을 초월하는 사랑이 있을 것이다.

이런 깨달음을 얻을 때 우리에게 남는 것은…….

꿈꾸고 즐기며 행복한 삶을 누리는 것이다!

꿈꾸고 즐기며 행복한 삶을 살아가자!

행복한 삶을 위한 십계명

Are You
Happy Now?

이 책에 담긴 내용을 우리 삶에 녹여내기 위해서는, 우리 의식에서 결실을 맺을 때까지 매일 그 내용을 생각하고 실천해야 한다. 따라서 앞에서 언급한 10가지 방법을 실제 삶에 적용할 수 있도록 구체적으로 설명해 보려 한다.

2단계 수련법

나는 10가지 방법을 일상의 삶에 적용하는 데 도움을 주기 위해 다음과 같은 2단계 수련법을 개발해 냈다.

단계 1 당신의 삶을 탐구하라

당신의 삶에서 어떤 부분이 각 방법을 적용하는 데 어려움이 있는지 솔직하게 써보자. 차분히 앉아 심호흡하면서, 머릿속에 떠오르는 모든 것을 써보라. 자체 점검을 할 필요는 없다. 최적의 효과를 거두기 위해서는 머릿속에 떠오르는 모든 것을 자유롭게 쓸 수 있어야 한다.

예컨대 4장에서는 "이번 수술에서 완전히 회복하지 못하면 내게 닥칠 끔찍한 이야기를 혼자서 지어낸다", "아이들의 미래가 걱정이다", "주식에 투자한 돈을 잃으면 나이를 먹어서 어떤 일이 닥칠지 걱정이 된다" 등과 같은 글을 쓸 수 있다.

단계 2 행복한 삶을 즐겨라

이번에는 지금 이 순간에 행복한 삶을 방해하는 것을 생각하거나 행하지 않는다면 당신이 어떻게 변할까 느껴보도록 한다. 달리 말하면, 차분히 앉아 내면을 들여다보며 10가지 방법 하나하나를 일상의 삶에서 실천할 때의 기분을 느껴보도록 한다. 이렇게 할 때 마음의 눈이 열려 자신의 새로운 모습을 엿보면서, 한층 유연한 자세로 즐겁고 행복한 삶을 살아갈 수 있다.

제1법칙 있는 그대로 받아들여라

힘들고 불행한 첫 번째 이유는 지금과는 다른 삶을 바라기 때문이다.

단계 1 당신이 지금 현실에 어떻게 반발하고 있는지 써보라. 예컨대 병에 걸리거나 신체적 장애가 있어서 그 때문에 항상 낙담하고 지낸다면, 당신에게 주어진 현실적 상황에 반발하는 것이기 때문에 그대로 써라. 살아가는 과정에서 언제 어떻게 현실에 저항하고 반발하는지, 머릿속에 떠오르는 대로 써보라.

단계 2 현실에 더 이상 저항하지 않는다면, 즉 어떤 불가능한 기준과 당신을 비교하지 않는다면 당신의 삶이 어떻게 변할지 상상해서 써보라.

제2법칙 지금 가진 것을 원하라

힘들고 불행한 두 번째 이유는 지금 갖지 않은 것을 바라기 때문이다.

단계 1 당신이 생각하기에 행복한 삶을 사는 데 꼭 필요하지만 지금 갖고 있지 못한 것을 모두 써보라. 지금 당신의 삶에서 부족한 것이 무엇인가? 현재 상황에서 당신의 행복한 삶을 방해하는 것이 무엇인가? 지금 이 순간에 충분히 넉넉지 못한 것이 무엇인가? 왜 그런 것들이 필요한가? 그런 것들이 어떻게 당신을 행복하게 해줄 수 있다고 생각하는가? 그런 것들이 정말로 당신을 행복하게 해줄 거라고 확신하는가?

단계 2 지금 이 순간에 갖고 있는 것만을 원한다면 당신의 삶이 어떻게 변할지 상상해서 써보라. 지금 이 순간에 갖고 있는 것만으로도 충분하다고 생각한다면 당신의 삶이 어떻게 변할까?

제3법칙 자신에게 정직하라

힘들고 불행한 세 번째 이유는 자신에게 정직하지 못하기 때문이다.

단계 1 언제 어떤 상황에서 자신에게 정직하지 못한지 써보라. 그런 상황을 알아내기는 그다지 어렵지 않다. 거북하게 느끼는 상황이면 십중팔구 자신의 감정이나 욕구에 정직하지 못한 것이다. 내면의 목소리에 귀를 기울이고, 최대한 정직하게 대답해 보라.

단계 2 자신과 정직하게 대화하면 당신의 기분이 어떨지 상상해서 써보라. 자신에게 정직하다면 당신의 삶이 어떻게 변할까? 어떤 점에서 당신이 달라질까? 지금은 다른 사람에게 말하지 못하는 것을 말할 수 있을까? 다른 사람들과 대화하는 법도 달라질까? 이런 변화가 어떤 결과를 가져올까?

제4법칙 선입견을 버려라

힘들고 불행한 네 번째 이유는 삶과 세상을 두려워하기 때문이다.

단계 1 지금 어떤 이야기를 꾸며서 불행을 자초하고 있는가? 당신을 불행하게 만드는 주된 원인이 무엇인지 구체적으로 써보라. 살아가면서 당신을 불편하고 짜증나게 하는 부분, 예컨대 인간관계, 직장, 가족관계 등을 찾아내면 그 사람들이나 그 상황에 대한 이야기를 꾸미게 된다. 이때 어떤 이야기를 꾸미는지 최대한 명확하게 써보라. 또 당신이 생각하는 '의무'는 무엇인가?

단계 2 이제 이야기를 꾸미지 않고 같은 사람, 같은 상황을 상대한다고 상상하며 어떤 느낌일지 써보라. 당신이 꾸민 이야기를 기억에서 지워버린다면 당신의 삶이 어떻게 달라질지 상상해 보라. 마음의 벽을 허물고 열린 마음을 가져라. 당신을 옭아매는 '의무'가 없다면 당신의 삶도 달라질 것이다.

제5법칙 쓸데없이 남의 일에 참견하지 말라

힘들고 불행한 다섯 번째 이유는 남의 일에 쓸데없이 참견하기 때문이다.

단계 1 지금 당신의 마음을 사로잡는 일들이 무엇인지 써보라. 아이들 문제로 골치를 썩는가? 남편이나 부인의 문제, 혹은 친구의 문제로 신경을 쓰는가? 남의 문제를 당신 문제로 여기며 지나치게 간섭하는 것은 아닌가? 다른 사람의 문제로 신경이 쓰이는 경우를 솔직하게 써보라.

단계 2 위에서 언급한 사람들에 대한 관심을 거두고 당신의 문제에만 전념한다면 어떤 기분일지 조용히 앉아 상상하고, 그 결과를 써보라. 다른 사람들을 자유롭게 풀어준다면 어떤 기분일까? 그들도 자신의 문제를 스스로 해결할 수 있다고 믿고, 그들이 어떤 선택을 하더라도 당신이 그들을 사랑하고 지원한다면 어떤 기분일지 상상해 보라. 틈날 때마다 이런 생각을 하고, 마음에 새겨라.

제6법칙

열정을 따르고
그 결과를 받아들여라

힘들고 불행한 여섯 번째 이유는 원하지 않는 일을 하기 때문이다.

단계 1 당신이 삶에서 진정으로 원하는 것은 무엇인가? 그것을 써보라. 마음속으로 크게 외쳐보라. 무엇보다 하고 싶은 일이 무엇인가? 생각만 해도 가슴이 두근거리는 것을 허심탄회하게 써보라. 그 일을 할 수 있느냐 없느냐는 별개의 문제다. 당신이 진정으로 원하는 것을 솔직하게 써보라.

단계 2 당신이 꿈꾸는 삶을 산다면 어떤 느낌일지 상상해서 써보라. 완전히 당신의 바람대로 산다면, 또 당신의 능력을 최대한 발휘할 수 있다면 당신의 삶이 어떻게 변할지 상상해 보라. 모든 가능성에 마음의 문을 열어둬라. 마음을 편하게 하고 당신의 열정을 고스란히 받아들일 때 내면의 목소리가 당신에게 뭐라고 말하는가? 그때 어떤 기분인가?

제7법칙 올바로 행동하고
그 결과를 받아들여라

힘들고 불행한 일곱 번째 이유는 결과를 두려워하며 옳은 길을 선택하지 않기 때문이다.

단계 1 옳은 길인지 알면서도 그 길을 외면했던 때가 있었는가? 이 질문에 자신 있게 "한 번도 없다!"고 말할 사람은 없을 것이다. 우리 모두가 정직하고 성실하게 살라는 말을 귀에 딱지가 앉도록 들었다. 그런데도 옳은 길이라 생각하면서 결과가 두려워서 그렇게 행동하지 못할 때가 있다. 공적인 일이나 사적인 일 등에서 그러한 사례를 써보면 극히 사소한 사건에 불과하다는 것을 알 것이다.

단계 2 앞에서 언급한 상황에서 올바른 선택을 하고, 근거 없이 두려워하던 것을 직시한다면 당신의 삶이 어떻게 달라질지 상상해서 써보라. 당신이 생각하는 만큼 그 결과가 나쁠까? 그 결과가 당신의 삶을 바꿔놓을까? 당신 자신에 대한 생각은 어떻게 달라질까?

제8법칙 지금 눈앞에 닥친 일을 처리하고
다른 일은 잊어라

힘들고 불행한 여덟 번째 이유는 지금 눈앞에 닥친 일을 처리하지 않고 허상과 씨름하며 지내기 때문이다.

단계 1 선입견 때문에 눈앞의 현실을 직시하지 못해, 지금 이 순간에 능력을 발휘하지 못하고 효과적으로 행동하지 못했던 경험을 생각나는 대로 써보라. 큰 사건이든 작은 사건이든 사건의 크고 작음은 중요하지 않다. 당신이 어떻게 행동하는지 정확히 인식하기 위해서라도 모든 경우를 써보라.

단계 2 선입견과 꾸민 이야기 및 기계적인 반응에 좌우되지 않고, 현실에 충실해서 눈앞에서 일어나는 일에 집중한다면, 또 내면의 지혜로운 목소리가 당신에게 말하는 걸 뚜렷이 들을 수 있다면, 당신의 삶이 어떻게 변할지 상상해서 써보라.

현실을 바로 알아라

힘들고 불행한 아홉 번째 이유는 상대적인 경험에서 절대적인 만족을 찾기 때문이다.

단계 1 당신의 삶에서 절대적인 만족을 찾는 경우를 모두 써보라. 인간관계에서 절대적인 만족을 구하는가? 그렇다면 그렇게 써라. 직장, 경력, 돈에서 절대적인 만족을 원하는가? 당신의 기대가 현실과 어긋나는 경우를 빠짐없이 써보라.

단계 2 그런 것들에서 절대적인 만족을 기대하지 않는다면, 당신이 그런 것들을 어떻게 다룰지 상상해서 써보라. 어떤 상황에서도 모든 일이 자연스레 흘러가도록 내버려둔다면 어떤 기분이겠는가? 어떤 부분에서 당신의 삶이 달라지겠는가?

제10법칙 멀리까지 내다보는 법을 배워라

힘들고 불행한 열 번째 이유는 우리가 하찮은 존재가 될지도 모른다고 생각하기 때문이다.

단계 1 죽음을 어떻게 생각하는가? 죽음이 위험한 것이라 생각하는가? 삶에 대해서는 어떻게 생각하는가? 삶도 위험하다고 생각하는가? 어떤 것이 결국에는 존재하지 않는 것으로 전락할 것이라 생각하는가? 이런 질문이 거북하게 느껴지면 이에 대한 당신의 생각을 솔직하게 돌아보라.

단계 2 죽음을 위험한 것이라 믿지 않는다면 당신의 삶이 어떻게 달라질지 상상해서 써보라. 당신이 모든 것의 일부였고, 앞으로도 마찬가지일 것이라고 진정으로 믿는다면 당신의 삶이 어떻게 달라질까? 당신의 처신은 어떻게 달라질까? '어떤 것도 하찮은 것이 될 수 없다'는 가르침을 깊게 묵상해 보라.

결론 행복에 대한 충격적인 진실

삶을 통해 직접 경험했고 이 책에서도 확인했듯이, 외적인 것은 우리의 행복과 불행에 아무런 영향을 미치지 못한다. 충격적이겠지만 부인할 수 없는 사실이다. 삶에 대한 우리 생각만이 우리의 행복을 좌지우지할 수 있다. 생각이 우리 안에서 모든 것을 결정하기 때문이다. 외적인 상황, 내가 아닌 다른 사람, 하여튼 우리 생각 밖에 존재하는 것에서는 행복을 얻을 수 없다. 자명한 진실이고 행복의 원리이다.

꿈을 꾸고 즐기며 행복한 삶을 살아가자!

당신 생각을 믿지 말라!

힘들고 불행한 주된 이유는 우리 생각을 믿기 때문이다.

지금까지 말한 것을 한마디로 요약한다면 "모든 고통의 근원은 우리 생각을 믿는 데 있다"라고 말할 수 있다. 우리가 생각하는 것을 믿지 않는다면 고통받을 이유가 없을 것이다.

우리가 생각하는 것을 곧이곧대로 믿지 않는다면 '실제로 존재하는 것'만 남는다. 달리 말하면, 현실만이 남는다. 현실은 우리가 생각하는 것과 다르다! 현실은 그저 존재할 뿐이다. 현실은 설명이 불가능하고, 이해를 넘어서며, 생각의 한계를 초월한다. 우리가 개념화시킬 수 없는 것이긴 하지만 현실은 우리 눈앞에 엄연히 존재하고, 우리가 직접적으로 경험하는 세계다.

게다가 현실은 우리 자신이기도 하다.

현실은 있는 그대로의 것이다.

그러나 우리가 현실을 직시하지 못하고 우리 생각을 믿는다면, 거짓된 생각들로 현실을 뒤집어씌운 꼴이 된다. 따라서 거짓된 생각으로 짠 덮개가 현실과 맞아떨어지지 않으면 우리는 고통의 늪에 빠진다.

요컨대 우리 생각과 현실이 일치하지 않으면 우리는 고통을 받게 된다. 우리 생각과 현실이 별개의 것으로 드러나면 고통이 우리에게 밀려온다. 안타깝게도 우리 생각과 현실이 일치하는 경우는 없다고 해도 과언이 아니다. 우리 생각과 현실은 언제나 다르다. 현실은 생각을 초월해 존재하기 때문이다. 현실은 이해의 범위를 넘어서기 때문이다. 현실은 붙잡아놓을 수도 없고 설명되지도 않는다. 현실은 그저 지금 이 순간에 존재할 뿐이다. 현실은 지금 이 순간에 보여지고 경험될 뿐이다. 현실은 우리가 생각하는 세계가 아니며, 우리가 생각하는 세계가 현실은 아니다.

현실은 모든 것을 넘어선다. 이해의 범위를 넘어서 존재한다.

따라서 이런 결론에 이른다.

행복한 삶을 살고 싶다면, 당신 생각을 믿지 말라!

어제보다 나은 오늘

우리 집의 가훈은 '어제보다 나은 오늘'이다. 그래서 아이들이나 친구들은 "그럼 미래가 없잖아?"라고 반문한다. 하기야 그럴 수도 있겠다. 주변에서 미래지향적으로 살아야 하고, 큰 꿈을 가지라고 배웠기 때문이다. 그때마다 내 설명은 똑같다. 어제보다 오늘이 나으려면 어떻게 해야겠는가? 어제보다 한 걸음이라도 더 나아가야 한다. 책 한 줄을 더 읽든지, 뭔가를 해야 한다. 달리 말하면, 1시간이라도 자신을 위해 투자하는 시간을 가져야 한다. 그렇게 만들어진 오늘은 다시 어제가 되고 새로운 오늘이 찾아온다. 그럼 '오늘보다 나은 내일'도 마찬가지 아니냐고 또 반문할 수 있다. 하지만 조금 다르다. 내일을 생각하면 욕심이 생긴다. 약간의 이익을 탐내다 실족하기 십상이고 헛된 생각을 품을 위험이 있다. 물론 내 추론이 절대적으로 맞는 것은 아니다. 지금 주어진 시간에 충실하고 집중하는 것이 최선이라 생각하기 때문에 '어제보다 나은 오늘'을 생각하며 살아간다.

행복은 무엇일까? 행복하게 살려면 어떻게 해야 할까? 이 책에서 확인되듯이 답은 의외로 간단하다. 욕심을 부리지 않고, 하고 싶은 일을 하고 살면 된다.

　나는 서울을 떠나 산 지 15년이 넘었다. 그 후 10년 이상을 완전한 시골에서 살다가 몇 년 전 소도시로 나왔다. 친구들이나 후배들이 모두 부러워한다. 그럼 나는 그들에게 "너희도 내 곁에 와서 살아라!"라고 말한다. 하지만 그들의 대답은 언제나 똑같다. "아이들 교육 때문에……" "직장이 서울이어서……" 그런 대답에서 욕심이 읽혀진다. 내 아이들을 좀더 좋은 환경에서 교육시켜 성공의 가능성을 키워주고 싶은 욕심, 서울에 소재한 직장에서 더 많은 월급을 받고 싶은 욕심이다. 물론, 개개인의 꿈을 실현하고 싶은 욕심도 있을 것이다. 그러나 버리지 않으면 아무것도 얻지 못한다.

　인간관계도 그렇다. 배우자와 행복하게 살고 싶다. 자식들과 행복하게 살고 싶다. 친구와 행복하게 지내고 싶다. 그 방법도 의외로 간단하지만 실천하기가 어렵다. 그들에게 바라지 않으면 된다. 그들에게 뭔가를 바라는 것도 욕심이다. 물론 처음부터 그럴 수는 없다. 조금씩 타협하면서 서로에게 기대하는 바를 줄여 나가면, 요컨대 '행복'이 들어갈 틈을 비워 가면 그 빈자리를 행복이 채워준다.

　버리기가 두렵다. 버리면 실패를 인정하는 것이라는 자괴감까지 밀려온다. 하지만 엄격하게 말해서 완전한 실패는 없다. 실패를 실패로만 생각하는 것은 이른바 부정적인 생각이다. 실패는 결과이기 이전에 하나의 과정이다. 그 과정에서 뭔가를 배우고 얻지 않았는가. 그것이 실패의 소득이지 않은가. 그럼 실패는 배움의 과정이 된다. 새로운 출발을 위한 도약대가 된다. 결국, 어떻게 생각하느냐가 문제다. 행복하고 싶은가? 그럼 생각부터 바꾸자. 지금 행복하게 생각하자. 그럼 행복해진다.

충주에서 강주헌

불안한 나로부터 벗어나는 법

초판 1쇄 발행 2008년 7월 25일
초판 6쇄 발행 2012년 4월 3일

지은이 | 바바라 버거
옮긴이 | 강주헌
펴낸이 | 한 순 이희섭
펴낸곳 | 나무생각
편집 | 김소라
디자인 | 이은아
마케팅 | 김종문 이재석
출판등록 | 1998년 4월 14일 제13-529호
주소 | 서울특별시 마포구 서교동 475-39 1F
전화 | 02)334-3339, 3308, 3361
팩스 | 02)334-3318
이메일 | tree3339@hanmail.net
홈페이지 | www.namubook.co.kr

ISBN 978-89-5937-154-9 03840